HERMES

在古希腊神话中，赫耳墨斯是宙斯和迈亚的儿子，奥林波斯神们的信使，道路与边界之神，睡眠与梦想之神，死者的向导，演说者、商人、小偷、旅者和牧人的保护神……

西方传统 经典与解释　**HERMES**
Classici et Commentarii
古今丛编

刘小枫 ●主编

梅尔维尔的政治哲学
——《切雷诺》及其解读

Herman Melville's "Benito Cereno" and Political Philosophy

李小均 | 编译

华夏出版社

古典教育基金　正则资助项目

"古今丛编"出版说明

自严复译泰西政法诸书至20世纪40年代，因应与西方政制相遇这一史无前例的重大事件，我国学界诸多有识之士孜孜以求西学堂奥，凭着个人禀赋和志趣奋力迻译西学典籍，翻译大家辈出。其时学界对西方思想统绪的认识刚刚起步，选择西学典籍难免带有相当的随意性和偶然性。50年代后期，新中国政府规范西学典籍译业，整编40年代遗稿，统一制订选题计划，几十年来寸累铢积，至80年代中期形成振裘挈领的"汉译世界学术名著"体系。尽管这套汉译名著的选题设计受到当时学界的教条主义限制，开牖后学之功万不容没。80年代中期，新一代学人迫切感到必须重新通盘考虑"西学名著"翻译清单，首创"现代西方学术文库"系列。虽然从重新认识西学现代典籍入手，这一学术战略实际基于悉心梳理西学传统流变、逐步重建西方思想汉译典籍系统的长远考虑，若非因历史偶然而中断，势必向古典西学方向推进。正如科学不等于技术，思想也不等于科学。无论学界迻译了多少新兴学科，仍与清末以来汉语思想致力认识西方思想大传统这一未竟前业不大相干。

"五四"新文化运动以来，学界侈谈所谓西方文化，实际谈的仅是西方现代文化——自文艺复兴以来形成的现代学术传统，尤其近代西方民族国家兴起后出现的若干强势国家所代表的"技术文明"，并未涉及西方古学。对西方学术传统中所隐含的古今分裂或古今之争，我国学界迄今未予重视。中国学术传统不绝若线，"国学"与包含古今分裂的"西学"实不可对举，但"国学"与

"西学"对举,已经成为我们的习惯——即"五四"新文化运动培育起来的现代学术习性:凭据西方现代学术讨伐中国学术传统,无异于挥舞西学断剑切割自家血脉。透过中西之争看到古今之争,进而把古今之争视为现代文教问题的关键,於庚续清末以来我国学界理解西方传统的未竟之业,无疑具有重大的现实意义和历史意义。

"经典与解释"编译规划自 2003 年起步以来,迄今已出版二百余种,以历代大家或流派为纲目的子系初见规模。经重新调整,"经典与解释"编译规划将以子系为基本格局进一步拓展,本丛编以标举西学古今之别为纲,为学界拓展西学研究视域尽绵薄之力。

古典文明研究工作坊
西方经典编译部甲组
2010 年 7 月

目　录

编者前言 …………………………………………………… 1

梅尔维尔　**切雷诺** ………………………………………… 1

朱科特　《切雷诺》与领袖的素养 …………………………… 76

埃默里　《切雷诺》与美国天命观 …………………………… 99

李　《切雷诺》与话语的命运 ……………………………… 122

编者前言

在《语言与沉默》(Language and Silence)中,斯坦纳(George Steiner)盛赞利维斯(F. R. Leavis):"缪斯女神只授过两个人博士学位,一个是利维斯博士,另一个是约翰逊博士。"对于写下了《伟大传统》(The Great Tradition)的利维斯博士,斯坦纳非常佩服其敏锐的洞察。但他也为利维斯博士疏漏了十九世纪的梅尔维尔(Herman Melville, 1819 – 1891)而抱憾:"把詹姆斯(Henry James)放在中心位置,把霍桑(Nathaniel Hawthorne)放在重要席位,但却不提梅尔维尔的《白鲸》(Moby Dick)或《切雷诺》(Benito Cereno)……这样一张英语小说的家谱,必然不完善。"

斯坦纳为《白鲸》鸣不平,我们都能理解,毕竟这是一部真正的"大书"。但《切雷诺》这个短篇,有多少中国读者耳闻?它怎么能够与长篇《白鲸》相提并论?也许,斯坦纳是怕他的英语读者不知道《切雷诺》,所以随即在上引省略号的位置补充了一句:"这个故事能够与康拉德(Joseph Conrad)的最好作品媲美。"康拉德谁都知道。他最好的作品堪称英语文学中的经典。这么说来,《切雷诺》莫非也可入"经典"之列?

我不敢代替读者断言。但毫无疑问,《切雷诺》是梅尔维尔最具政治哲学性、最有历史感的小说。甚至可以说,在十九世纪的文学中,还很难找出一部同样篇幅的小说,能将历史、政治与哲学如此紧密地结合。

《切雷诺》创作于 1854 年冬到 1855 年间。小说完成后连载于《普特南月刊》1855年10、11、12月号。1856年5月,它与其他短篇小说一道结集出版,题名为《广场故事集》(The Piazza Tales)。梅尔维尔原本想在标题中凸显《切雷诺》,但他最后放弃了这个打算。小说最初发表之后,并没有引起多少人注意。梅尔维尔以写海洋生活起家,从《泰比》(1846)开始的几部小说销路还好。1851年,《白鲸》问世,遭到了市场冷遇。1852年,《皮埃尔》(Pierre)再遭重创,成为"票房毒药"。梅尔维尔的读者变得"屈指可数"。据说,梅尔维尔此后的创作似乎是"自娱自乐",最多还包括为好友霍桑和几个外人写作。

本来读者就不多,梅尔维尔还刻意"隐晦"《切雷诺》,的确有些费解。写完《切雷诺》不久,梅尔维尔也像他笔下的标题主人公一样,害了一场大病。不同的是,西班牙船长因为看见了"黑暗的心",死于文本现场;梅尔维尔活了下来,但放弃了小说写作,改行写诗。

梅尔维尔写了十来年小说,但写了三十余年诗歌。近来有论者认为,他堪与惠特曼(Walt Whitman)、迪金森(Emily Dickinson)并称为美国十九世纪三大诗人。但在他生前,诗名基本无人得知。他最重要的诗集是美国内战结束不久出版的《战斗诗篇》(Battle Pieces and Aspects of the War, 1866),但销量不佳。后来他还自费出版了两部诗集,各印了二十五册。直到生命的最后关头,他才再次转向小说创作。这就是他去世三十多年后才被人整理出版的小说《比利·巴德》(Billy Budd, 1924)。

梅尔维尔后来大半生都在默默无闻中度过。去世的时候,他只是一个海关检查员而已。直到上世纪二十年代开始,西方文学界才重新发现梅尔维尔。《切雷诺》也趁机回到评论家的视野。但早期注重形式的评论家对这部小说颇有微词,认为它缺乏"艺术内在的统一性"。但自从上个世纪六十年代起,经历了民权运动和"越战"的批评家,逐渐意识到"结构破碎""叙事冗赘""视点分散"的《切雷诺》蕴藏着丰富的历史、政治与哲学内涵。1992年,博克霍尔德(Robert E. Burkholder)主编的《〈切雷诺〉评论集》(*Critical Essays on Herman Melville's "Benito Cereno"*)囊括了此前对这部"十九世纪最重要的小说之一"的精彩评论。直到今天,《切雷诺》中还有许多内涵,等着智慧的读者去解开。在此,选译了三篇解读文字,供读者管中窥豹。

翻译这部小说,受到刘小枫先生的指点和帮助。先生之风,山高水长,感激不尽。在编译的过程中,得到深圳大学"人文社科基金"的资助,在此深表感谢。梅尔维尔的语言相当晦涩,译文舛误难免,唯愿方家批评指正。

李小均

深圳大学英语系

2010年9月

切雷诺

梅尔维尔(Herman Melville)

1799年某天,马萨诸塞州达克斯伯里的阿玛萨·德拉诺船长率领一艘大型两用船(猎海豹兼营货运),载着一批贵重物资,停泊在圣玛丽亚港。这个港口位于一个荒无人烟的小岛,靠近智利狭长海岸线的最南端。德拉诺以前为船续水,在这里短暂停留过。

第二天,天刚亮,他还躺在舱中铺位上,大副闯进来报告,说发现一艘神秘的船只正要进港。那时不像现在,附近海域的船只不多。德拉诺立即起身,穿衣,走上甲板。

这天早上的景象特别怪异。万物静谧,灰茫一片。微风掀起逶迤的长浪,但大海似乎凝固。水面顺滑光洁,宛如冷却后的波纹形铅块。天空看起来像一件灰色的外衣。灰色的水雾四散弥漫。一群群灰色的禽鸟在雾中不安地盘旋,时而低飞,掠过海面,就像燕子在风暴之前掠过草地。阴影闪现,预示着更浓重的阴影到来。

遥望镜中的神秘船只没有悬挂船旗。德拉诺颇为惊奇。按照国际惯例,各国爱好和平的船员在船只进港的时候,即便岸上荒无人烟,但只要有一艘船只在港停泊,也要挂上船旗示意。幸好,德拉诺深信人性本善,除非一再受到非凡的刺激,他是不会过分关注自身安危,恶意揣测他人。否则,在这片无法无天、人迹罕至而又流传着种种恐怖传说的海域,看到如此神秘的船只,反应就不该只是淡淡的惊奇,而是浓浓的忧虑。考虑到人的潜能,德拉诺这样的表现,除了暗示心地善良之外,是否还暗示敏锐非凡的洞察力,不妨留给明智之士来判断。

任何船员初见神秘船只,脑海里总会飘过疑云。不过,只要看见它缓缓安全靠岸,就像看见神秘的暗礁最终露出真面目,疑云都会烟消。事实上,这艘船只似乎对冷清的港口和荒凉的小岛都感到非常陌生。它不太可能是经常在此出没的海盗船。德拉诺趣味盎然地注意着它的动向。观察的条件不太有利。雾气隐约遮蔽着它的船体,遥远的晨曦透过船舱,朦胧如流水。半扇朝阳正好浮出海面,似乎是要护送它入港。浮云萦绕的朝阳,就像身穿赛亚裙的利马淫妇的阴险眼睛,透过她幽暗的面纱,偷窥广场的情况。

这可能只是雾气造成的幻觉。但是,德拉诺观察这不速之客越久,越觉得它诡异。相当长一段时间,似乎很难判断它是否要进港。夜里开始刮起的微风现在变得更加轻柔,捉摸不定,使得这神秘来客的行踪更加飘忽。

德拉诺最终猜测,这可能是一艘遇险的船只。他不顾大副谨慎地反对,下令启用救生的小艇,准备亲自赶过去打探究竟。如果可能,最好引导它进港。碰巧在昨夜,他的船员结伴出去钓鱼,跑到船只看不到的偏远礁石,天亮前一两个时辰才满载而归。想到神秘船只或许在海上困了很长时间,德拉诺好心放了几筐鱼在小艇上,准备拿去当见面礼。因为那艘神秘的船只长时间地靠近暗礁,想到它可能遇到的麻烦,德拉诺一边召集人马,一边迅速评估那船上人员的处境。天不作美,小艇出发不久,风向突转,风力虽不大,但仍将神秘的船吹得越来越远。唯一值得庆幸的是,它周围的雾气也被风吹散了一些。

在铅灰色的海浪尽头,朦胧可见这艘船只裹挟在一团团残余的雾气当中,像暴风雨后屹立在比利牛斯山灰褐色悬崖上的教堂。这不是完全想象性的类比。有一瞬间,德拉诺几乎认为,他前面就是一艘满载修士的船只。远远望去,靠在船舷张望的就像戴着黑色斗篷的修士;从敞开的舷窗偶尔可以隐约看到走动的黑影,如同教堂中漫步的托钵黑衣修士。

这个印象在距离稍近时得到修正。当它的轮廓显现出来,原来是一艘豪华西班牙商船,载着黑奴和其他一些贵重货物,正从一个殖民地港口运往另一个殖民地港口。这艘船只很大,在那时可以说非常气派。这类船只在公海上偶尔可以遇到。它们有些是淘汰下来的寻宝船,有些是西班牙皇家海军退役的护卫舰。它们像久经风雨的意大利宫殿,门庭虽然败落,但仍残留往昔的风采。

随着距离越拉越近,可以更清楚地看见它的船身刷上了白色的陶土,驳杂突兀,散发出寥落的气息。圆杆、拉索、船舷、船身,由于长时间没有刮削、上油和粉刷,看上去都很粗糙。龙骨似乎被卡住,肋骨挤在一堆,就像是《以西结书》中提到的骸骨山中复活过来的枯骨。

从目前的状态来看,与它先前的战舰面貌相比,除了没有见到枪炮,这艘船只的结构和装备似乎没有实质性改变。

船上原有三座庞大的桅楼,用八角形的网状织物围成,可惜年久失修,它们如同废弃的大型鸟舍。其中一座桅楼的绳梯上面站着一只奇怪的白色水鸟。在海上,这种鸟儿可以随手捉住,所以人称笨拙的燕鸥。燕鸥生性慵懒,好像总在梦游。船上城堡形的艏楼看起来像古老的炮塔,很久前遭到炮火的摧残,经过风雨的侵蚀和长期的霉变,已经败落。船尾两侧两个瞭望高台的栏杆上布满了干枯易燃的海苔。贵宾舱空无一人。天气虽然柔和,舷窗仍神秘地关着。空空的廊道,浮在大海上,如同宏伟的威尼斯运河。船只丰满的尾部集中体现了它往昔的风采,像一面椭圆形的盾牌，精致地雕刻着城堡、狮子、成群结队的神话人物和其他仪式性符号。船尾正中上部，是一个戴着面具的黑色森林神。他用脚踩着一个人的脖子，那人同样戴着面具，身体扭曲，痛苦不堪，脖子紧贴地面。

这艘船只的船头是否也雕塑了破浪神的头像，不得而知，因为蒙着帆布，可能正在重新修缮，也可能只是为了体面，以遮蔽它的老化。在帆布遮盖部分下面的基座上，像一个古怪的船员在身上胡乱涂抹着一句话，"追随你的领袖"。旁边颜色黯淡的船头板上，显示出镀金的几个庄严大字——"圣多明尼各号"，字体已经腐蚀、褪色，滴出一道道怪异的铜锈，上面爬满了黑色的水草，像葬礼中的植物，随着灵车一样的船身轻轻摇晃。

最终，小艇钩住了西班牙船只的舷梯。尽管小艇的龙骨与西班牙船只的船身还间隔几英寸，但却像在珊瑚暗礁上狠狠地磨蹭了一下。原来是碰到了一群庞大球形藤壶。它们在水下像皮脂囊肿一样生长，粘在这艘西班牙船上。这是附近海域长时间无风或风向游移不定的结果。

德拉诺刚登上这艘西班牙船只，立刻陷入嘈杂的人声包围。这的确是一艘运奴船。但他没有想到的是，船上的黑人远远多于白人。他们七嘴八舌地向他倾诉同样的不幸遭遇。有几个伤心欲绝的女黑奴特别醒目。他们说，坏血病和热病夺走了船上大部分人的性命，西班牙白人最惨。他们的船只刚过合恩角，死里逃生地躲过了沉船之灾，谁知祸不单行，碰到了无风的天气，一连多日，船只就像老僧入定。现在，他们供养不足，饮水告罄，口干舌燥，饥肠辘辘。

德拉诺忍受着话语的轰炸，焦急地环顾四周。

在公海上，初次登上一艘人多嘴杂的大船，尤其是由身份暧昧的船员——如东印度船员或马尼拉船员——驾驶的异国船只，第一印象与在陌生的大地上初次进入住满陌生房客的陌生房屋相比,会有奇怪的差异。虽然房屋和船只都在防止人们偷窥内部——前者有墙壁和百叶窗,后者有像堡垒一样的舷墙——不到最后一刻不会露出真面目,但这艘船只的神秘之处在于,它所包含的鲜活奇观,一旦完全敞开,与它置身的那片苍茫大海形成鲜明反差,像施了魔法,显得非常魔幻。这些奇装、举止、面容,似乎是刚从阴间出现的画面,影影绰绰,转瞬即逝。

或许,正是受到魔幻的左右,德拉诺冷静下来审视的时候,原本可能看来神秘的东西显得更加诡异。尤其是那四个上了年纪的黑人,非常引人注目。他们头发灰白,黑乎乎的脑袋就像风中的柳桩。他们的肃穆和其他黑人的喧哗判然有别。像狮身人面怪兽一样,两人斜靠在左右舷锚架上,两人斜靠在主桅锚链上面的左右舷墙。他们身边各自放着一小堆麻絮,手中拿着零散的麻絮填进船缝,面容坚毅沉着,嘴里哼着单调的歌声。他们声音低沉,表情庄严,像葬礼队伍中头发花白的风笛手。

这只船的后甲板垫高了约两米,建了一座宽大的尾楼。尾楼前端盘腿坐着六个壮实的黑人。他们坐成一排,间距相等,人手一把生锈的斧头,一块砖头,一张破布,像伙夫下手在做清洁。两人之间放着一小堆等着磨砺的生锈斧头。那四个填絮的老人偶尔还会对身下甲板上的人简单吩咐几句,这六个磨斧头的黑人既不和其他人说话,也不相互私语,只是专心手上的活计,偶尔停下休息的时候,才拿斧头与身边的同伴左右敲击,像钹一样发出锵锵的声音,把做活和娱乐奇妙地结合起来。他们与众不同,有着未开化非洲人的原始本色。

德拉诺环视一眼就注意到这十个奇特的黑人。另外几十个人十分寻常,他的注意力就一扫而过。周围人声太嘈杂,搅得他心烦意乱。德拉诺将目光从身边移开,仔细寻找可能的船长。

但是,似乎是希望自然地显示他这艘命运多舛的船只的真实处境,或者似乎是苦苦地暂时隐瞒真相,切雷诺漠然地靠在旁边的主桅杆上,时而用疲惫的眼神冷冷地看着他船上那些兴高采烈的人群,时而幽怨地打量新来的客人。在德拉诺看来,年轻的切雷诺还是有些教养,只是有点内向。他身穿奇异的华服,但由于近来的操心和不安,掩饰不住他脸上明显的失眠痕迹。他身旁站着一个矮瘦的黑人,粗犷的脸仿佛一只牧羊犬,默默地仰望着主人的眼睛,爱怜参半。德拉诺奋力穿过人群,走到切雷诺面前,表达了他的同情,保证说将尽其所能地提供援助。切雷诺只是庄重地表示了礼节性的感谢。他身体欠佳,气质忧郁,庄重的礼节也显得暮气沉沉。

寒暄几句后,德拉诺回到舷梯边,吩咐将带来的见面礼递送上船。风仍然轻微,看来至少要几个小时才能将这艘船只带进港口。他叫手下回大船上尽量带些水来,厨房有多少软面包就拿多少,船上剩余的南瓜,一箱糖,十多瓶他独自享用的苹果酒,也都要求一并送来。

小艇刚开走几分钟,风突然停息,潮流转向,众人只有眼巴巴地看着这艘船只朝大海深处漂移。但德拉诺坚信,这种情况不会太久。他的乐观心态鼓舞了船上的陌生人。颇为欣慰的是,在此情形下,他可以流利地用对方的语言交谈,他毕竟是这条西班牙主航道上的常客。

德拉诺独自留在这条西班牙船上,很快就注意到一些情况,似乎印证了他最初的惊奇,但他的惊奇很快就被同情取代。他既同情西班牙白人,也同情非洲黑人。他们显然同样由于缺吃少喝,才大幅度减少活动。长时间的磨难似乎已消磨掉黑人身上良好的品质,同时也削弱了切雷诺的权威。不过,话说回来,无论如何,这样的后果都应该在预料之中。无论是陆军还是海军,城市还是家庭,自然界还是社会,再没有什么比苦难更能腐蚀良好秩序。德拉诺想,如果这位名叫贝尼托·切雷诺的西班牙船长的精力再多点,船上不至于如此混乱。显而易见,船上混乱的秩序与他的体质虚弱有关,与他身心受到磨难的打击造成的虚弱有关。他已经绝望,完全泄气。他似乎长时间受到希望的嘲弄,现在已经死心,哪怕希望不再捉弄他。就在今日,最迟不会拖到今晚,船就能进岸,饮食就能解决,更何况还有兄长一样的德拉诺给他安慰和友情,但这一切看起来似乎都不能鼓舞他。他的神思恍惚,似乎心智严重受损。禁闭于栎木船舱之中,担当起枯燥的指挥之责,他身不由己,腻烦倒胃,像疑神疑鬼、行动迟缓的住持,偶尔会遽然止步,表情惊悚,目光呆滞,牙关紧绷,撕咬指甲,脸色一阵青一阵白,紧捻胡须,诸如此类的症状,无不表明他心神恍惚,情绪多变。这种精神的紊乱,如前所示,从他形体的失调中就反映出来。他身材相当高,但似乎从来就不强壮,现在更是由于痛苦、紧张,几乎瘦成了鬼。他看上去得了肺病,他一开口说话的时候似乎就得到了证实。他的声音就像来自一个切掉半边肺的人,低沉沙哑,如同含混的耳语。难怪他步履蹒跚,贴身仆人会小心翼翼地跟在后面,不时搀扶他一把,或帮他掏口袋中的手帕。仆人做这等事情的时候满面热情。他的热情体现于他的一举一动,虽然干的是粗活,但却为他赢得了世界上最贴心仆人的声誉。一个主人太需要这样的仆人了,不需要用什么优惠的待遇笼络,只需要报以家人般的信任;他与其说是仆人,不如说是忠诚的兄弟。

相比于船上其他嘈杂喧闹、桀骜不驯的黑人和表情麻木、动作迟缓的白人,这位行动沉稳、举止端方、名叫贝波的仆人让德拉诺颇感几分欣慰。

然而,无论是举止得体的贝波,还是行为粗鲁的他人,似乎都不能将神思恍惚的切雷诺从他阴郁倦怠之中拯救出来。神思恍惚,阴郁倦怠,这正是切雷诺留给人的印象。现在,他的不安,恰好可以视为是这艘饱受折磨的船只的醒目特点。有一会儿,德拉诺禁不住心想,切雷诺的冷漠是否是表示对他不够友好,为此他还大为担心。这个西班牙人的举止还带着一丝嫉妒、伤感和鄙视,并且他似乎还不想用力掩饰。不过,宽宏大量的德拉诺将这些都看成是疾病的困扰所致,因为据他所知,有些特别的人,由于长期身患疾病,性情会逐渐变得乖张。似乎他们遭遇了不幸,就认为身边的人都应该多少分担一份儿,这样才算公平。

有一会儿,德拉诺心想,对方这样冷淡,大概是由于自己一开始就在那里反复揣度这个西班牙人,表现得不够大度友善。打心底儿说,对方的沉默寡言的确令他不快,但是,除了对忠心的仆人之外,切雷诺对任何人都一样。即使按照航海的规矩,由下人(无论是白人、黑人还是黑白混血的穆拉托人)定时给他做的正式航行汇报,他都没有耐心听下去,随时都露出傲慢和反感。他的举止某种程度上与退位前的西班牙国王查理五世不无相似。

身为船长,他却对自己的职责如坐针毡,这几乎随时表现在与其职务相关的任何工作中。他脾气无常,懒得亲自下令,仿佛亲力而为就有辱身份。任何必要的特殊指令,他都下放给身边的仆人来代理。这个仆人于是找跑腿的人(机灵的西班牙小孩或黑人儿童,他们像听差或引水鱼一样,近在咫尺,招之即来)将指令传到指定的地点。这种传令方式,历来明显就缺乏效力,然而奇怪的是,在这个神思恍惚、沉默寡言的切雷诺身上,却有着陆上之人难以想象的独裁权力,只不过身在海上,他的独裁没有在陆上那么大的魅力罢了。

因此,这个西班牙人的沉默不像是精神错乱所致。相反,在某种程度上可能是有意而为。果真如此,这艘船上就散发出阴森森的气息,煞费苦心地布满了冷酷诡计。虽然大型海船的船长多少都会要些诡计,但如果不是情势所迫,那就表明他的人性已经丧失,良心已经被狗吃。否则,他就好比装满弹药的大炮,除非天打雷劈,不会吭气。

不过,换个角度看,切雷诺的沉默太自然不过了。长时间的坚韧克制,他已经养成了这种反常的习惯,尽管他的船只遭逢巨变,但他依然不改旧习。在一条指令畅通的船只上,比如刚起航的"圣多明尼各号",这种习惯诚然无害,甚至还可以说合宜,但目前依然如故的确不明智。也许,这个西班牙人认为,沉默是神的风范,也是船长的风范,任何情况下,都是必要的标记。不过也有可能,这种依靠沉默神秘的统治术,只不过是故意掩饰他自己意识到的低能,不是什么高深的诡计,而是浅薄的伎俩。但无论如何,不管切雷诺的沉默是有意还是无意,他是针对所有的人。因此,德拉诺也就少了几分惶恐,哪怕有时他敢肯定对方矛头指向的是他这个不速之客。

德拉诺的心思并不只集中在切雷诺身上。他已经习惯了自己船上的安宁有序,船员和睦如同一家,所以"圣多明尼各号"上受难之人的嘈杂混乱一再转移了他的注意力。他看到有些明显的破坏行为,不仅是违纪,而且有伤风化。在海上,德拉诺会认为这是由于甲板上的高级船员匮乏。在人多嘴杂的船上,高级船员就如同维持秩序的警察,他们应该承担更大的责任。诚然,在"圣多明尼各号"上,那四个填絮的老人偶尔出来监督黑人秩序。他们偶尔会成功化解小小的冲突,但多数时候都无力维持船上的安定秩序。这艘船是横跨大西洋的移民船,大宗货物是黑奴,毫无疑问,他们多数和箱包一样不会惹麻烦。但是,用几个老头来温和地警告举止粗俗的黑人,不会像大副那样用武力镇压来得有效。"圣多明尼各号"缺少的人才是移民船上应该具备的严厉高管。遗憾的是,船上连个四副都没有。

德拉诺渴望知道灾难的详情。正是灾难才导致了船上伤亡惨重,纪律涣散。尽管船身初看之下就提供了一些航程的线索,但是相关的细节并不清楚。毫无疑问,最好还是听切雷诺叙述。起初,德拉诺不想问,是因为他不想碰一鼻子灰。但他还是鼓起勇气,走到切雷诺面前,表达了他善意的好奇,说要是知道航程中的灾难详情,也许能更好地为他们分忧。他问切雷诺是否愿意告知整件事的来龙去脉。

切雷诺迟疑了片刻。他像突然被人弄醒的梦游者,茫然地盯着德拉诺,然后垂下头看着甲板。见他良久低头不语,德拉诺感到十分不安。这难堪的沉默异常难受,德拉诺不由转过身,贸然走向旁边的西班牙船员,准备从那人嘴里了解想要的信息。但他刚走几步,切雷诺就急切地请他回来,连声道歉说走了神,并表示愿意满足他的心愿。

在事件叙述的多数时刻,两个船长都站在甲板的后部。这个地方便于交谈,除了仆人贝波,没有人在附近。

"到今天已经有一百九十天了,"西班牙船长的声音沙哑低沉,"这船上配备好了人手,从布宜诺斯艾利斯出发前往利马。船上共有五十位客舱乘客,全是西班牙人,另外装载了普通货物、五金制品、巴拉圭茶等等,"他停顿了一会儿,以手示意,"还有那一群黑奴,你看,现在不到一百五十人了,出发的时候差不多三百多人。绕过合恩角的时候,我们遇到数次强大的冰风暴。一天晚上,我就失去了最好的三个副手和十五个船员,当时,他们正在用摇杆击打船帆上的结冰,谁知摇臂吊杆的圆杆劈啪作响,主桅帆下的横桁断了,把他们压死在桁索中。为了减轻船上的重量,我们把大包袋装的巴拉圭茶扔进大海。在这几次冰风暴中,甲板上大部分的蓄水管都被打坏了。不能储存水,缺少这最基本的必需品,祸不单行,自那以后,我们又耽搁了很长时间,才惨遭横祸——"

说到这里,他突然微弱无力地咳嗽起来。毫无疑问,是精神焦虑所致。仆人连忙扶住他,从口袋中掏出强心药给他服下。主人略微缓过气来,但还没完全恢复。仆人不愿意让他失去依靠,于是继续用手搀扶,同时关切地看着主人的脸,好像是想及时发现完全恢复的迹象或病情可能复发的迹象。

过了一会儿,这个西班牙人继续说,但语气断续,口齿含混,就像在梦呓。"我的上帝!要是我们顺利度过后来的劫难,我会对着最可怕的飓风欢呼——"他咳嗽得越来越厉害,好不容易停下时,他嘴唇鲜红,眼睛紧闭,重重地瘫在仆人身上。

"他想起风暴之后的灾难了,"仆人伤感地叹道,"我可怜的主人,可怜的主人!"他急得捶胸顿足。"德拉诺,请稍候,"他再次转头对德拉诺说,"病痛很快就过去,我家主人很快就会好。"

切雷诺重新打起精神,讲叙一路上的遭遇。这部分叙述显得非常散乱,下面扼要简述。

事情是这样的:风暴过后几天,爆发了坏血病,白人和黑人大幅减员。船只进入太平洋时,圆杆和船帆都已严重毁损,幸存的船员不够,大多数还带着伤,无法完全使用船上装备,不能借风把好航线继续北上。而风又大,船只失控,连续几个昼夜,把船只朝西北方向吹去。后来,风突然停止,船在无名的水域抛锚,忍受闷热的无风天气。最致命的是没有了蓄水管。缺水导致恶性的热病紧随坏血病而来,并且愈演愈烈。长时间无风,炎热难熬,不久,非洲黑人,比重更大的西班牙人,包括好不容易熬过风暴的船上高级船员,在这场灾难中像被浪涛一样卷走。最终,等到剧烈的西风再次刮起,可惜这时船帆已经像乞丐身上的碎布,只有取下来,不是以备来日再用,而是任其逐渐破烂。为了找到替补船员,补充饮水,更新船帆,切雷诺当机立断,决定朝智利最南端的港口巴尔迪维亚进发。遗憾的是,眼看就要靠岸,突然又遭遇恶劣天气,错过了港口。此后,船员丧失殆尽,船帆几乎全毁,饮水差不多耗尽,时而有人死去,只有抛尸海中,"圣多明尼各号"夹在飘忽不定的风中,有时随波逐流遭遇暗流,有时在无风的时候遭遇海草蔓生的夹击。就像人迷失在森林中,这艘船也屡次重复着自己的航路。

"不过,经历了这些灾难,"切雷诺在仆人的搀扶下痛苦地转身,沙哑着说,"我要感谢你眼前的这些黑人,你没有与他们一起经历,也许在你眼中,他们有些无法无天,其实,他们都相当规矩,很少乱动,他们良好的表现远远出乎他们主人的意料。"

他再次昏迷过去。过了一会儿,他重新强打精神。这次,他的口齿略微清晰。

"他们的主人没有说错。他向我保证,他的黑人不需要镣铐,所以在这次航程中,让他们自由。他们始终都呆在甲板上,在出发时就获得许可的指定区域内自由活动。"

他再次昏厥,目光迷离,等神智再次恢复,他接着说:"我能够活下来,首先要感激上帝,其次要感激身边的贝波。他的美德和能力,使他足以平息他那帮偶尔抱怨的黑人兄弟。"

"啊,主人,"仆人低声说,"不要提我了,贝波无能。贝波所做,都是分内之事。"

"多么忠诚的小伙子!"德拉诺脱口赞道,"切雷诺,你有这样的朋友,我羡慕不已,看来我不应该再称他是仆人。"

他看着面前的二人,黑仆人搀扶着白主人,忍不住想,这是多么美丽的画面,一方奉献忠诚,另一方则报以信任。这幅美丽的场面从服饰的对比中得到反衬,表明了他们各自的身位。主人穿着一件宽松的黑色小鹿皮外套,白色的里衣,在膝盖和足弓处镶有银扣的马靴,上等草料编织的高冕阔边帽,腰间还悬挂着一把插在剑鞘中的细长剑,露出银手柄。这剑是当时南美绅士的时尚装束,不只是饰品,而且很实用。除了偶尔神思迷离时衣服略微不整之外,他的穿着打扮可谓干净利落,贴身到位。这与周围紊乱的秩序,尤其是主桅前部垃圾遍地的黑人区域,形成奇妙的反差。

那个仆人的宽松长裤看起来是粗布做的,上面打着补丁。有些补丁用的虽是帆布,倒很干净,他腰间系着散绳,满脸平和谦卑,看起来像在圣弗朗西斯托钵行乞的修士。

切雷诺的穿着尽管与周围环境很不协调(至少在这个淳朴的

美国人看来),尽管在经历种种灾难之后好完好无损有些令人匪夷所思,但在他那个阶层的南美人中即使不算非常前卫,至少也说得上时尚。西班牙船长说,这次航程是从阿根廷的布宜诺斯艾利斯出发,但他是土生土长的智利人。智利的普通人那时还没有他那样的穿着,如外套和马裤,他们只是略为改变了一下本土服饰,点缀了些异域文化的美感。不过,与这次航程的惨淡经历相比,切雷诺苍白的脸,似乎与他的服装更加不协调,让人联想到在鼠疫过后的伦敦街头踯躅的失意求婚者。

航程中最能发生意外和引起兴趣的故事,也许是前面提到过的漫长无风之日,尤其是船只长时间的漂流期间。德拉诺心想,那么长时间的耽搁,至少部分原因在于指挥不当和错误导航。当然,他把这想法闷在心里。看着切雷诺蜡黄干瘦的手,他很轻易就推断,这个年轻的船长恐怕还未习惯在锚链孔处发号施令,他可能只是在舷舱处部署指挥。果真如此,他的无能,就不值得大惊小怪。他毕竟年纪轻轻,体弱多病,温文尔雅!

最终,德拉诺对年轻的切雷诺苛评让位于同情。在听完这部分故事后,他再次表达了自己的好意,不但像先前一样立即差人看看船上需要的生活必需品,而且还承诺提供给他们稳定的饮水、船帆和索具。此外,他提议分配三个最得力的副手给切雷诺,临时代管船上的秩序,虽然这会自找不小的麻烦。如果不延误,这艘船只或许可开到康塞普西翁,在那里修缮完后,再前往目的地利马港。

这么慷慨的相助,再万念俱灰的病人也会动容。切雷诺眼睛一亮,呼吸加快,面色潮红。他看着德拉诺真诚的眼睛,似乎激动不已。

"主人别太激动,有伤身体",仆人扶住主人的手臂,把他带到旁边,轻言抚慰。

切雷诺激动的心情平息下来。德拉诺心痛地注意到,这个西班牙人的希望,如他脸上的亮堂色,转瞬即逝。

主人再次郁郁寡欢地抬头望向船尾,邀请客人陪他同去,那里似乎有了一丝风的气息。

有一两次,德拉诺吃惊地听到磨斧黑人定时敲出的锵锵响声。他很好奇,为什么这个病怏怏的船长忍耐得住这种声音的打扰?他邀他去船尾那里,不觉得更刺耳吗?而且,这些斧头的形状也不美,磨斧的黑人很丑,因此,说实话,他不无迟疑,甚至可以说是畏惧,但德拉诺还是装出客随主便的样子,默默地接受了邀请。更何况,主人突然恭敬起来,行了一个西班牙人的标准礼,郑重邀请他先行一步。他做这套礼数的时候,脸色更加苍白,表情更加痛苦。德拉诺看在眼里,更不好意思拒绝,只有迈步走向尾楼的舷梯。在舷梯的最后一级台阶,两侧分坐一个磨斧的黑人,凶神恶煞如同侍卫。德拉诺小心翼翼地夹道而行,就在穿过的瞬间,突然觉得左右受敌,两股之间寒气森森,直透脑门。

他猛然转身,看到磨斧的黑人像街头手摇风琴师一样仍然傻傻地磨着斧头,对四周惘然不顾,他不由哑然,暗笑自己莫名其妙地心生惶恐。

他和切雷诺一起来到船尾。他惊讶地看见下面的甲板上发生的一件事印证了他先前感觉到的纪律涣散。三个黑人男孩和两个白人男孩坐在一堆斧头边,争抢粗糙大木盘上的残羹。突然,一个黑人男孩被一个白人男孩说的话激怒,抓起一把小刀,未等一个填絮的老人大声断喝,已经击中了白人男孩的头,砍出一道伤口,鲜血直流。

德拉诺大惊失色,急忙问怎么回事儿。切雷诺脸色苍白,低声冷冷地说,这是儿戏。

"这儿戏也太危险了,"德拉诺说,"要是发生在我们船上,立刻就会受罚。"

切雷诺听到这话,突然转身,迷茫地打量着德拉诺,回答道:

"你说的是,你说的是。"

德拉诺心想,这个不幸的人只是我碰巧认识的草包船长而已,他没有解决问题的铁腕,只有装神弄鬼,视而不见。我不知是否还有比这更悲哀的事,一个船长徒有虚名。

"切雷诺,"他望着刚才出声阻止的老人说,"我认为,让所有的黑人尤其是年轻人都忙起来,无论干的活多么无用,无论船只遇到了何事,这都是有利的做法。即使是我那一小队人手,我觉得也有这样做的必要。有一次,我们遇到暴风,转瞬间就损失惨重,一连三天,我束手无策,已经放弃了对船的掌控,也不管船上的垫子、乘客、货物了,就任由风吹,不过我下令,所有船员都到后舱擦地板。"

"不错",切雷诺随口轻声附和。

"幸好,"德拉诺再次望了望填絮的老人,然后看了看附近磨斧的黑人,"你至少让一些人在忙。"

"嗯",仍然是空洞的回应。

"那些人,"德拉诺指了指填絮的老人,"像古老的法师,可惜很少有人听他们的忠告。切雷诺,他们是自愿的还是你指派的,担当这群黑色羔羊的牧羊人?"

"是我指派的",切雷诺似乎听出了话里有话,酸溜溜地闷声答道。

"这些阿散蒂人,"德拉诺不安地看着附近磨斧的黑人,他们手中的斧头已经磨出了几道光泽,"像巫师一样,切雷诺,他们做的事好像很奇怪。"

"我们碰到风暴的时候,"切雷诺道,"许多没有抛进大海的货物进水生了锈。趁天气好,每天就将箱子中的刀具和斧头搬出来,修复,打磨。"

"你考虑得很周到,切雷诺。我想,这船和货物是你和朋友的吧?只是这些黑人,我猜不是你的?"

"你眼前的一切,都是我的,"切雷诺有些不耐烦地说,"只有这些黑人是我刚过世的朋友亚历山大·阿兰达的。"

他痛苦地说完这番话,浑身颤抖。仆人连忙扶住他。

德拉诺心想,自己猜中了这人特殊的心病。为了印证自己的想法,他迟疑了片刻才接着问:"切雷诺,我有个问题,你刚才说起过船舱中的乘客,是不是你这个朋友出发的时候就和他的黑人在一起,他的死让你十分心痛?"

"是。"

"他死于热病?"

"对——"切雷诺再次浑身哆嗦,住口不言。

"很抱歉,"德拉诺沉重地说,"我有过类似的经历,我想,切雷诺,我猜得到你为什么如此悲伤。我也遭遇过不幸,在海上失去了最亲密的朋友,我的好兄弟,他那时是船上的押运员。我深信他的灵魂幸福、快乐,我应该像男子汉一样接受他的离去。但他那双诚实的眼睛,那双忠厚的手掌,我们以前经常四目交接,四手紧握,他那颗温暖的心,都像喂狗的杂碎一样,全都喂了鲨鱼!那时,我发誓再也不带心爱的人出海,除非背着他做好一切后事,在他遭遇不测后,可以用香料防腐处理遗体,落土为安。切雷诺,你朋友的遗体还在这船上吗?不然,这也太奇怪了,你提到他的名字会如此心痛。"

"在这船上?"切雷诺重复了一声。然后,他惊恐地伸出手,像看见了幽灵,突然昏厥。仆人早有准备,一把将主人抱在怀里。他默默地看着德拉诺,像是哀求,又像是责备,不要再提这个足以让他主人心碎的话题。

德拉诺难过地想,这个可怜的西班牙人太迷信了,受害不轻,认为遗弃尸体,就会招来妖怪,就如废弃的房屋里充满了鬼魂。我们是多么不同啊!我提到死去的朋友,严肃自然,而他呢,只一丁点暗示,就吓得晕死过去。可怜的阿兰达!如果你在此看到朋友是这个样子,你会怎样想。在以前的航行中,当你一连数月留在岸上,你这个朋友,我敢说,他是多么渴望见你,现在,只要一想起你在他身边,他却怕得要死。

这时,一个填絮的老人走上船头,敲响那里破旧的挂钟。钟声犹如沉闷的丧钟,在沉闷的空气中回荡。上午十点了。德拉诺的目光落在一个人高马大的黑人身上。这个黑人正穿过甲板上的人群,慢慢地走向尾楼。他浑身是伤,脖子上套有铁环,铁环系着铁链,铁链的另一头连在他腰间挂锁的铁环。

"哑巴一样的阿图法尔来了",仆人轻声提醒主人。

这个黑人跨上通向船尾的台阶,像勇敢的囚徒前来受审。他毫无畏惧地站在已经苏醒过来的切雷诺面前,默不作声。

切雷诺抬眼看见这个黑人过来,也有些吃惊。一丝愠怒掠过他的脸上。他似乎突然想起愤怒徒劳无益,于是也把苍白的嘴唇紧紧地闭在一起。

这是个桀骜不驯的叛徒,德拉诺心想,但这人的身材太棒了,他不由暗自生羡。

"他在等你训话,主人",仆人提醒道。

切雷诺紧张地转过身,似乎是预料到对方挑衅的回应。他不敢面对,只有怯生生地问:"阿图法尔,你现在要请求原谅吗?"

阿图法尔还是没有出声。

"你继续逼问他,"仆人以目示意,痛楚地责备阿图法尔,低声对主人说,"继续逼问他,主人,他会臣服的。"

"回答我,"切雷诺的目光仍然转到一边,"只要你说一声'请您原谅',我就给你自由。"

阿图法尔慢慢举起双手,然后又无力地垂下,弄得锁链叮当作响。他垂下头,似乎是说:"不,我情愿这样。"

"你滚",切雷诺再也压不住无名怒火,大声吼道。

阿图法尔像来时一样不慌不忙地走开。

"切雷诺,"德拉诺说,"我有点好奇,这是怎么回事儿?"

"不瞒你说,这群奴隶中,只有这个人大逆不道,胆敢冒犯我。所以我用铁链把他锁起来——"

他打住话,伸手摸着头,似乎有点晕眩,似乎心中千言万语却不知如何开口。他看了看仆人。仆人温柔地回看着他,像在鼓励他说下去,"我可以不用鞭子抽他。但我告诉他,他必须请求我原谅。但他至今不服。所以我命令他,每隔两个时辰就必须到我这里报道"。

"僵持多久了?"

"六十来天。"

"其他人都听话吗?都尊重你?"

"对。"

"我老实讲,"德拉诺情不自禁地叹道,"这个黑人血性高贵。"

"他说自己以前是部落酋长",切雷诺一声苦笑。

"没错,"仆人抢着说,"阿图法尔耳朵上的小洞以前穿挂的是黄金。在下可怜的贝波,在部落中只是穷苦的奴隶。贝波以前为黑人做奴隶,现在为白人做奴隶。"

德拉诺对这个仆人如此放肆地插嘴有点不满。他惊讶地看了看仆人,然后试探性地看着主人有什么反应。似乎早就习惯了这样的不拘小节,主仆都没在意。

"切雷诺,阿图法尔究竟如何冒犯你的?"德拉诺问道,"要是不严重,请听我说,看在他多数时候都温顺的份上,为了对他的高贵血统表示应有的尊重,请你宽恕他"。

"不,不,绝不会宽恕,"仆人突然轻声地自言自语道,"骄傲的阿图法尔必须首先请求主人的原谅。奴隶身上的挂锁,只有主人才有钥匙打开。"

听到这番话,德拉诺方才注意到切雷诺的脖子上有一条细长的丝线,上面挂了一把钥匙。他立即猜出了它的用途,于是取笑道:"切雷诺,挂锁和钥匙是一对重要的信物吧?"

切雷诺浑身一震,没有接话。

德拉诺生性纯朴,从不喜欢冷嘲热讽,但他这句笑话仍然暗示,切雷诺在以一种特别的方式证明他是阿图法尔的主人。然而,这个多疑的年轻人似乎将他的话当成恶意的批评,讽刺他明摆着的无能,至少在口头命令上无力摧毁这个黑奴的倔强意志。对这个可能产生的误会,德拉诺的心隐隐作痛。为了消除误会,他决定岔开话题。但他发现切雷诺更加沉默,似乎仍在酸溜溜地生闷气。渐渐地,德拉诺也跟着沉默下来。他是受到压抑气氛的感染。他想,也许这个敏感的病人在暗中报复,才故意沉默。他是个优秀的船长,与切雷诺性情完全不同,既不会装出怨恨的样子,也不会有任何怨恨的情绪,如果他也沉默,那必定是受到了影响。

突然,切雷诺在仆人的搀扶下,抛下客人走向一边儿,站在高架天窗角落旁边窃窃私语。这个唐突的举动,也许是不够幽默的即兴怪念,但还是让德拉诺感到很郁闷。更让人不高兴的是,切雷诺原本沉郁威严的脸,似乎看不出半点高贵,而一向温顺的仆人突然间的放肆,也散失了先前纯朴可信给人的魅力和好感。

为了掩饰他的不快,德拉诺转身看向船的另一边。突然,他看见一个年轻的西班牙船员,手里拿着一圈钢丝绳,从甲板走向后桅索具。如果不是他攀爬横杆的时候一直盯着德拉诺,好像在示意什么秘密,德拉诺也不太可能特别注意他。他的目光越过德拉诺,似乎自然而然地落在角落里窃窃私语的两个人身上。

德拉诺的注意力再次回到船尾,不禁有些吃惊。因为从切雷诺刚才的举动来看,他们现在退到角落谈论的自然少不了他。这种猜测让他很不开心。他想,要是主人知道他这样猜测,心里一定同样不高兴。

切雷诺时而谦恭,时而无礼,这奇怪的变化难以解释。他要么是真疯了,要么是在邪恶地欺骗。

德拉诺第一个念头就是,这人真的疯了。作为冷静的旁观者,最初产生这样的念头或许比较自然,而且这个念头德拉诺一直也不陌生。但是,既然切雷诺开始就认为他在故意冒犯,这念头实际上就站不住脚。然而,如果他不是真疯,那又是什么?一个绅士,不,哪怕是诚实的乡下人,会像他这样待人接物吗?这个人肯定是一个阴谋家,一个出身卑贱的冒险家,却偏要伪装成航海世家子弟。他不懂绅士立身处世之道,现在不小心露了马脚,举止明显有失身份。的确,他有时候的奇怪举止不像绅士。切雷诺,这高贵的姓氏在这条西班牙航线上的船长和船员听来简直如雷贯耳。就像德国的罗斯柴尔德家族,切雷诺家族控制着南美各大重要的贸易口岸,商务四通八达,家族中多人获封贵族,可说是南美最旺的家族。传闻中的切雷诺血气方刚,年近而立。要伪装成这样一个在航海业中摸爬滚打的世家子弟,这等阴谋,对于年轻的野心家来说,需要多少胆识和勇气?眼前的切雷诺脸色苍白,体弱多病,谅他也成不了气候。哪怕他能惟妙惟肖地模仿不治之症,他的骗术也瞒不过火眼金睛。德拉诺心想,在婴儿般脆弱的外表之下,可能隐藏着最野蛮的力量——这个西班牙人穿的天鹅绒也许就是隐藏着毒牙和利爪的茸毛。

这些念头平白无故地冒出来,没有理由,毫无逻辑,就像灰白的霜花纷至降临。幸好,德拉诺的温良天性正如日中天,疑虑也就迅速消融。

切雷诺的脸侧从天窗露出来,恰好面向德拉诺。德拉诺的目光禁不住被他的身影吸引:那流畅干净的线条,因瘦削(也许是身体欠佳之故)更加玉秀,在下巴的胡须衬托下更显高贵。他的猜疑完全冰释。这个西班牙人的确是切雷诺家族的子弟。

这些美好的念头令德拉诺的心情顿然轻松。他哼着小曲,悠闲地在船尾漫步。他不想让切雷诺看出来,他刚才在冒昧猜疑,更不想让人知道他口是心非。刚才的猜疑,哪怕暂时无从解释,终究将由事实证明是空穴来风。德拉诺心想,这些小小的谜团真相大白之时,要是让切雷诺意识到他曾以小人之心度君子之腹,他将后悔不迭。总之,为了揭开这个西班牙人葫芦里究竟卖的什么药,最好暂时留点余地。

切雷诺苍白的脸庞突然再次扭曲,愁云笼罩。在仆人的搀扶下,他神色更加难看地走回来,声音古怪、沙哑、低沉,充满好奇:"你在此地停泊多久了?"

"一两天。"

"你上一站停泊在哪里?"

"坎顿岛。"

"我记得你说过,你在那里用海豹皮交换茶叶和丝绸,是不是?"

"是的。大多是丝绸。"

"你是用银币支付吗?"

德拉诺有点迷惑,但还是回答道:"对,有些用的是银币,数量不大。"

"你船上有多少人?"

德拉诺吃惊地回答道:"不瞒你说,总共二十五人。"

"我猜他们全在船上,对吧?"

"对,全在船上,"德拉诺肯定地说。

"他们晚上也在船上吗?"

德拉诺心想,旁敲侧击这么久,原来是问这个。为了他船上人员的安全起见,他不得不认真地审视面前的这个人。但是,对方不愿直视他的眼睛,只是惶恐不安地低头看着甲板。这种姿势与他仆人此时的姿势恰成对照。仆人正跪在他脚边,边帮他系鞋带,边茫然地抬起头,好奇而谦卑地仰望着主人。

没有听到回答,切雷诺惶惶不安地重复了问题:"他们晚上也在船上吗?"

"没错。"德拉诺干脆地回答道。"不过,就我所知,"他鼓起勇气直言相告,"有几个人说半夜要出去捕鱼。"

"我猜你船上还有些武器。"

"有一两发六门炮,以防万一,"德拉诺不动声色地说,"另外有些火枪、捕海豹的叉子、短弯刀,这些你都熟悉。"

德拉诺一直在观察切雷诺的表情。切雷诺避开眼光,突然生硬地转移话题,先是抱怨这无风的天气,然后也没有说声抱歉,就与仆人再次退回到角落嘀咕。

德拉诺本想趁此机会冷静回味刚才的问话,突然看到刚才那个年轻船员从索具上下来,弯身跳到甲板上。这个人穿着宽松的粗羊毛工装上衣,上面有焦油痕迹,衣服一直敞开到胸部,露出脏兮兮的内衣。内衣的布料好像是上等亚麻布做的,颈口处还有条狭窄的蓝色丝边,有些褪色。在他跳下甲板的时候,这个船员再次望了望在船尾角落密谈的主仆。德拉诺心想,他已经捕捉到这个人眼神中的重大隐情,就像是共济会的暗号,可惜他参不透。

他重新回头朝角落的方向看去。与上次一样,他猜测他们在谈论他这个不速之客。他屏住呼吸,凝神静听。然而,他只听到磨斧的声音。他飞快地瞟了主仆一眼。他们像在捣鬼密谋。联系到刚才的问话,以及现在年轻西班牙船员的突然出现,这个美国人即使再无城府,不愿意往坏处想,也难免再次生疑。但他仍然装出轻松欢快的样子,快步走向角落,招呼道:"切雷诺,看来你很信任这个仆人,他简直就像你的高参。"

仆人闻声抬头,憨厚地做了个鬼脸。主人则悚然一惊,像毒蛇咬了一下,愣了片刻,才回过神来冷冷地说:"没错,我信任他。"

听到切雷诺这样说,贝波幽默的鬼脸立刻露出机灵的微笑。他感激地看着主人。

德拉诺发现,他一走近,切雷诺就不再出声,似乎有意无意地暗示,当着他的面,他们说话不方便。虽然他觉得自己受到怠慢,但还是不想让人觉得太过无礼,于是寒暄了几句就抽身离开。只是脑海里反复出现切雷诺的奇怪举止。

他想着心事,离开船尾,走进旁边一道舱梯。里面很暗,下通客舱。他觉得客舱中有东西在动,于是走过去看个究竟。借着远端梯口的一点微光,他看见有个西班牙船员趴在地上,慌忙把手揣进工装袋里面,像是在藏什么东西。听见有响动,这名男子不等看清来人是谁,就鬼鬼祟祟地迅速开溜。德拉诺确信,这人正是他刚才在索具上看到的年轻船员。

梯口的微光是什么?德拉诺心想,那不是灯,不是火柴,不是燃煤,难道是珠宝?但船员哪里来的珠宝?难道是他那件镶了蓝色丝边的内衣发出的光芒?莫非衣服是他从客舱中死去乘客的箱子中偷来的?如果是,他不可能大胆穿偷来的东西。要是我确信看到这个可疑的船员和他的船长刚才在传递暗号,要是我确信我不安的感觉并没有欺骗我,那么——

接二连三的疑问,纷纷指向刚才的奇怪问题。

也许是奇怪的巧合,他每产生一个疑问,巫师一样的阿散蒂黑人就会相互敲击斧头,像在对他的疑问做出不祥的评论。面对这么多疑问和不祥的声音,哪怕是最坦荡赤诚的心灵,也抵挡不住丑陋疑虑的闯入,否则,太不合人情了。

德拉诺注意到,这艘船只现在任由海流裹挟,像施了魔法一样,越来越快地朝大海深处漂移。他还看到,由于地形的阻隔,他停在港里的船只已经望不见踪影。想到自己都不敢面对的念头,他再坚强,也禁不住打了个寒战。最主要的是,他开始感觉到切雷诺像鬼魂一样可怕。但他最终鼓起勇气,挺起胸膛,双腿重新坚定有力。他开始冷静思考,这些究竟是什么幻象?

切雷诺要有任何诡计,肯定不只针对他德拉诺,更可能是要对付他的"快乐单身汉号"。所以,这艘船漂流得越远,对可能得逞的阴谋非但无助,反倒不利。显然,他的任何怀疑,只要考虑到这些自相矛盾的因素,肯定都是幻象。更何况,一只遇险的船只——船员几乎全被病魔吞噬——现在还像海盗船一样虎视眈眈,这难道不是十分荒谬的想法?切雷诺不为他和船上的人着想,快点脱离困境,补充给养,莫非还有其他的打算?如果真有其他打算,那不等于延误了解脱困境的时机,尤其是耽搁解决饮水的问题?但是,反过来想,那些据说死了只剩下零头的船员,会不会是在诈尸,暂时藏了起来?那些披着人皮的恶魔进入偏僻人家的时候,往往装出伤心欲绝的样子,恳求施舍一杯冷水,直到干完隐秘的坏事之后才肯离开。有些马来海盗,为了引诱船只进入陷阱密布的港口,会宣称在海上遇到敌人,以人员不整或船舱空置的假象诱人登船,其实在船舱底部,隐藏着百来条黄色手柄的鱼叉,随时准备穿透甲板实施暗算。这绝非天方夜谭。德拉诺早就听说过,以前还不敢全信,但现在,这些故事仿佛就要发生在眼前。这条船现在的目标就是靠岸,准备靠在他的船只旁边。靠岸后,"圣多明尼各号"会不会像沉睡的火山,突然释放出隐藏起来的邪恶能量?

他回想起切雷诺刚才谈话的举止,神色忧伤,欲言又止,满口托词。十足的邪恶之徒为达目的而编造谎言时的表现。然而,要是他说的全是谎言,那真相是什么?莫非他用非法的手段攫取了船只?但他讲的许多细节,特别是一路遇到的灾难,如船员的死亡人数,后来长时间的漂流,长期的无风带来的受罪,以及依然困扰的饮水问题,在船上黑人和白人七嘴八舌的哭诉中,在他看到的每个人的表情和行为中,都得到了证实,看上去不可能编造。如果切雷诺的故事从头到尾都是假的,那么船上的每个人,下至幼儿,上到老人,难道都是他精心排演的阴谋道具?这个推论太不可思议。但是,倘若他的话值得怀疑,那这样的推论也合情合理。

将心比心,这个西班牙人也许在思考同样的问题。他们不同样需要防范夜盗或刺客在光天化日之下上船来刺探情报?但是,他德拉诺作为一船之主,不怕危险,怀着邪恶的企图,公然前来套取情报,不就等于狼入虎穴,有这样冒险的吗?这显然十分荒谬。这个西班牙人不可能认为他有任何邪恶的企图,不可能心生怀疑。既然对方不会提防我,德拉诺心想,我又何必防备他?想到这点,他悬着的心差不多又放了下来,虽然这份并非多余的担心还没有完全排除。

最终,他开始笑对先前的疑虑;笑对这艘神秘的船只——自上到船来,他就和这船上的人心心相连;笑对那些看起来奇怪的黑人,尤其是磨斧的阿散蒂人,卧床做针线活的老妇,填絮的老人;笑对神秘的切雷诺,这艘船上的主心骨。

其余的人,无论看起来多么神秘,他现在都能坦然面对。因为他想,这个可怜的病快快的切雷诺不管是躲在神秘水气后面暗中观察,还是旁敲侧击地问问题,都不大知道他的底细。显然,这艘船只目前不再适合交给他来指挥。于是,德拉诺好心地提议,在把这船送到康塞普西翁之前,由他的二副过来代理船长职务。他表示,他的二副是个值得信赖的优秀船员,这样安排对"圣多明尼各号"有利,也对切雷诺有利,因为,他不用再担心,只管留在机舱中享受仆人的精心护理,好好养病,或许,到达康塞普西翁之后,他的身体就会好起来,重新行使船长之职。

这是德拉诺的想法。他说出想法之后,对方没有做声。这表明,德拉诺对切雷诺命运光明正大的安排与后者对他的暗自打算之间有些差异。值得庆幸的是,他看见自己的小艇远远而来,得以使他从尴尬的沉默中脱身。小艇在途中耽搁了些时间,一是由于在港口附近碰到意外,二是因为这艘船只在不断地朝大海深处漂移,拉远了小艇返程的距离。

船上的黑人也看到了远处不断逼近的黑点,情不自禁地欢呼起来。呼声引起了切雷诺的注意。他再次彬彬有礼地来到德拉诺身边,感谢他即将解了他们的燃眉之急。

德拉诺还完礼,突然看见甲板上有情况:在众人涌向船壁焦急张望之时,两个黑人似乎被一个白人船员不小心碰到一下,于是猛然将他推到一边。这船员稍有抱怨,他们就将他打倒在甲板上,对几个填絮的老人的大声呵责充耳不闻。

"切雷诺,"德拉诺连忙问,"你看那边是怎么回事?"

切雷诺碰巧咳嗽发作,他两手蒙脸,身子摇摇欲坠。德拉诺本想上前扶他一把,但仆人眼疾手快,一手稳住主人,一手送上强心药。等切雷诺缓过神来,仆人松开手,退后半步,仍然尽职尽责地随时听候。仆人此时体现出的谨慎,在客人眼中,完全洗刷了他先前插嘴和密谈时行为失当的污点。这也表明,如果说要责备这仆人有失礼仪,不如责备他的主人,因为在他独自待人接物的时候,总是恰如其分。

德拉诺的注意力从乱哄哄的甲板拉回到让他欣慰的目前。他情不自禁地再次恭喜主人有这样好的仆人,尽管偶尔有失身份,但总体来说,他对于身体欠佳的主人实在非常可贵。

"切雷诺,"他微笑着说,"我想买你这个仆人,你要多少钱?五十达布隆卖吗?"

"你出一千,我家主人也不会卖,"仆人听到报价,立即嘀咕了一声,口气中是忠实奴隶受到主人欣赏的自负,嘲笑陌生人出此低价。但切雷诺似乎还没有清醒过来,随便支吾了两句,又咳了起来。

他咳得越来越厉害,好像影响到了神智。似乎是不想让外人看到主人痛苦的表情,仆人轻轻地扶着他走下船尾。

德拉诺独自留在原地。小艇到来还需要一点时间,他本想趁机主动结识几个西班牙船员,但是,转念想到切雷诺说过他们举止粗俗,他就有些犹豫。身为船长,他本能地讨厌这样的船员。

他站在那里,朝那几个船员张望,思忖着到底该不该去攀谈。他突然觉得,有一两个船员也在看他,目光意味深长。他擦了擦眼睛,再次定睛而视,好像没有错。他刚放下的心重新悬了起来。幸好切雷诺不在身边,他不再那么恐慌。尽管他得到的都是船员的负面评价,德拉诺决定还是亲自去接触一下。他离开船尾,朝黑人群走去。他的举动引起黑人老者的叽哇乱叫。在他们的指令下,黑人你推我搡,迅速分开一条道。不过,似乎是想看这个有意走进他们之中的陌生来客到底要干什么,他们簇拥着他,尽量保持着秩序,亦步亦趋地跟在后面。他就像全副武装登基的帝王,带着光荣的卫队,接受子民的欢呼。风趣随和的德拉诺边走边与身边的黑人欢快地寒暄,但他好奇的眼睛从没有离开那几个西班牙船员。他们夹杂在黑人群中,像失散的白色卒子,落入了敌营的虎口。

　　他正想找谁上去攀谈,突然看到一个船员坐在甲板,为龙骨墩上的铰链片上焦油,身边围了一圈黑人好奇地观望。

　　这个船员身材魁梧,出人意料地却干么琐碎下贱的活。他的手反复伸进一个黑人提的焦油小桶中,染得黑乎乎的。相比之下,他的脸要黑得更为自然,原本很英俊,现在已经很憔悴。这是否与某种罪有联系,还不能确定,因为天气骤变也可能让人十分憔悴。无论有罪还是无辜,广义上,他脸上的憔悴都是精神痛苦打上的明显烙印,是刻削出来的印记。

　　德拉诺现在没有想到这么多。虽然他心底宽厚,但他另有想法,看到这个人如此憔悴,眼睛乌黑,由于痛苦或羞愧而扭头一边,他就再次回想起切雷诺对他手下的负面看法。切雷诺的话已经在他的潜意识中起了作用,当他看见别人的痛苦和羞愧,不是想到美德,而是直接想到邪恶。

　　事实上,如果这船上有任何邪恶,德拉诺心想,这个船员肯定难脱干系,正如他的手插入黑色的焦油,他一定参与了不法勾当。

我不会搭理他。我要和绞盘旁边的那位白人老兄说话。

这是一个年老的巴塞罗那船员,穿着破烂的红裤子,戴着肮脏的睡帽,古铜色的脸上沟壑纵横,短须浓密如棘,左右坐了两个睡眼惺忪的黑奴。他像前面两次出现过的年轻船员一样在捻接索具,旁边的黑人拿着绳子在打下手。

他看见德拉诺走过来,立刻低下头。干活就该这样。他似乎希望别人认为他做事专注,值得信赖。直到德拉诺问他话,他才抬起头,但他目光胆怯,与他久经风霜的面貌很不相称,如同一头熊,不是咆哮,而是呜咽,放出绵羊一样的眼光。德拉诺问了几个航程方面的问题。这些问题有意针对切雷诺的叙述细节。在他登船时听到的激动哭诉中,这些细节没有出现。这个船员只是简单地回答,但却印证了他想求证的东西。不一会儿,绞盘附近的黑人也围了过来,开始七嘴八舌议论。相反,老船员却逐渐变得寡言,最终完全陷入沉默,似乎有些生气,不愿意回答更多的问题。这份固执,让他绵羊一样温顺的背后又隐约闪现出熊的气质。

与这样性情多变的人谈话,最终却以沉默收场,德拉诺感到十分失望。他再次环视四周,希望找到一个愿意与他搭话的白人。很遗憾,他没有发现。他只有和颜悦色地吩咐身边的黑人让路。他穿过扮起鬼脸的黑人,回到船尾,总觉得有点奇怪,但他很难说清为什么。不过,验证了更多的细节,使他对切雷诺恢复了信任。

他心想,刚才那个老船员明显地表露出美德有亏。毫无疑问,他看到我走过去,心里害怕,怕我已从船长那里知道他们总体表现不好,是去呵斥他,所以才会低头。但是,我现在想起来,如果没有记错,他不正是刚才向我迫切示意的船员吗?看来,潮流不仅让船晕头转向,而且让人也晕头转向。现在,要是有一线温暖宜人的阳光该多好。

透过网状一样的索具之间隐约的缝隙,他注意到一个酣睡的女黑人。她躺在舷墙的背风处,充满青春气息的四肢随意地摊开,宛如一头躺卧在林中巨石阴影里的母鹿。她身边的孩子全无睡意,像只赤身露体的小鹿,黑瘦的小身子半跪在甲板上,与母亲的身子交叠。他望着母亲搭在一起的双乳,笨拙地爬去。他的小手像两只爪子,揪着她,鼻子和嘴巴徒劳地想凑近她的乳头,嘴里还发出令人烦躁不安的、类似哼哼的声响,与之交织的是他母亲安详的鼾声。

小孩的精力异乎寻常,他最后还是弄醒了母亲。她一惊,坐了起来,远远地与德拉诺打了个照面。但她似乎根本不在意有人观看。她高兴地抱起孩子,发自母性的欢喜,亲吻不停。

这是赤裸的天性,纯真的温情与爱意,德拉诺这样想着,甚感欣慰。

这幕插曲,促使他更加注意船上的女黑奴。他非常满意她们的行为举止:她们像最原始的女人,心地温柔,外表刚强;她们乐意为孩子而死,乐意为保护孩子而战。她们天真纯朴如母豹,温婉可爱如鸽子。德拉诺心想,她们也许就是苏格兰探险作家帕克在非洲看到并盛赞的女人。

这些女人身上体现出的自然与和谐,不知不觉让德拉诺更加宽心,更有自信。他再次放眼望向他的小艇。小艇还在很远的地方。他回身察看切雷诺是否回来,也没见到人影。

他决定换个舒适的位置观察小艇的来向。他踩上后桅,艰难地进入右舷廊道,也就是前面提到过的像威尼斯废弃的水上走廊。这个与甲板隔开的廊道里全是湿滑的海苔。他刚踩上去,脑海中突然闪过猫爪风的怪念。奇怪的是,一阵猫爪风正好拂过他的脸庞,仿佛空穴来风。他不由自主地看了看那一排小小的圆形天窗,全都紧闭如棺材上的铜眼。原本跟廊道连在一起的贵宾舱门,现在也像石棺盖子一样合上,连缝隙都堵得严严实实。他的目光掠过漆成紫黑色的门面、门槛和门柱,想起也许不久前,在这贵宾舱和廊道里还能听见西班牙官员的声音,利马总督的女儿也许还斜依过他现在的位置。这些念头在他脑海中一闪而过,犹如这无风天气里陡然而起的猫爪风。渐渐地,他感到心底升起莫名的不安,犹如孤独的旅人在静谧午后的草原感到的不安。

他靠在雕花的船墙上,再次望向他的小艇,却只看到海上漂浮的带状海草。这艘船的吃水线仿佛是一只绿色盒子的直边。大片的海草形成椭圆形和月牙形的花坛,时远时近,中间就像铺了正式的走道,穿过海涛筑成的平台,盘旋逶迤,似乎诱人走向下面的洞穴。他手扶的雕花船墙,部分沥青已经脱落,上面长满了海苔,如同某个豪华庄园中的避暑别墅,闲置已久,斑驳荒芜。

他刚挣脱幻象不久,又陷入另一个幻象。尽管身在茫茫的大海,他觉得就像在遥远的内陆,囚禁在某个遗弃的庄园别墅,盯着空旷的大地,眺望远方的出路,但人迹全无。

然而,当他的目光落在生锈的主桅铰链上,他的幻象就少了一些魔力。这些爬满海苔和锈迹的连杆、锚链、螺栓,它们的老式风格似乎更适合这艘船只当前的模样。

突然,他觉得锚链旁边有响动。他定睛细看。锚链旁边放着密密麻麻的索具,如印第安人种植的大片毒芹。一个西班牙船员拿着结绳时分股用的索针,出现在一根巨大的支索之后。这个人好像在对他打手势,但还没等做完,似乎就听到甲板上传来脚步声,惊惧之下,像偷猎者一样,迅速消失在森林般的索具之中。

这是什么意思?这个人想要传递什么信息?他肯定不希望任何人知道他这样做,他甚至不希望他的船长知道他在传递秘密。莫非这个秘密对他船长不利?德拉诺心想,自己先前的担忧是不是将得到证实?是不是自己现在老是疑神疑鬼,这个人只是忙于修理支索,他随意的动作其实没有特别的意图,却被误解为重要的暗示?

他实在琢磨不透,干脆远望小艇。不巧,小艇正好被小岛遮住。他有些急不可耐,觉得身前的船壁像木板挡道,于是探身到栏杆外,希望捕捉到小艇的船头像箭一样射出的那一刻。幸好抓住了船舷外一根悬着的绳子,他才没有掉进大海。栏杆上的铁锈和海苔蹭掉了一些,发出喀嚓的声音,虽然轻微,但还是可能有人听到。他抬头望了望,只见一个填絮的老人从位置上溜到外面的吊杆,正在斜上方冷静而好奇地窥探他。就在这个黑人注意不到的身下舷窗后,那个年轻的西班牙船员蜷伏在那里,像狐狸出洞之前在洞口张望。从他神秘的样子,德拉诺的脑中再次闪现这个疯狂的念头:切雷诺走开时抱怨身体不适,其实只是借口,目的是躲在一边酝酿阴谋,这个船员恰好知道一点内情,决心警告他这个陌生人注意防范。他这样做,可能只是为了感激他登船时说的一两句好话。是不是早就预料到可能节外生枝,切雷诺才故意贬低白人,赞扬黑人,尽管事实上白人像黑人一样听话,甚至更加温顺?而且,从天性上说,白人才是更聪明的种族。一个心怀鬼胎的人,难道不可能赞扬那些对他的堕落浑然不知的愚人,污蔑那些明察秋毫的智士?也许,这并非不可能。但是,如果白人对切雷诺图谋不轨,后者可否与黑人同流合污?不过,那些黑人实在愚不可及。更何况,谁曾听说过有哪个白人会如此下作,竟至于背叛同宗,与黑人狼狈为奸,向自己人开火?这些疑惑勾起了先前的疑感。德拉诺理不出头绪。他回到甲板上,不安地徘徊。突然,他看见一张新面孔。一个年老的船员盘腿坐在舱口,皱巴巴的皮肤如同塘鹅下垂的空荡喉囊。他头发花白,面色静穆,手里拿着几股绳子,正在打一个大结。几个黑人围在他身边,恭敬地做下手,适时地递上绳子。

德拉诺走到这个老船员身前,默不作声地看他打结。他暂时忘了自己头脑中那些纠结的问题,这也符合他的性情。老船员就像埃及阿蒙神庙里的祭司,打上无解的戈尔迪结。这个结包含了两个单套结,三个锚冠结,一个回手井结,一个结出入结和一个干扰结,非常复杂,无论是在美国船上,还是在其他地方,德拉诺都没有见过。

他最后实在忍不住好奇,问道:"你在这里打什么?"

"结",老人头也不抬,简单地回答说。

"看起来是这样,可它有什么用?"

"等人来解",老人一边嘀咕,一边加快手势,眼看结就快完成。

突然,他把结抛给德拉诺,转用英语(德拉诺第一次在船上听到英语)说:"快解开。"他声音很低,速度很快,似乎前后之间慢吞吞说出的西班牙语长词只是幌子,为这句夹在中间的英语短句打掩护。

德拉诺手中拿着结,脑子没有转过来,站着愣了片刻,哑口无言。老人没有继续注意他,重新埋头做事。德拉诺突然听到身后传来轻微的响声。他转过身,看见戴着铁链的阿图法尔已经悄然立在身后。随后,老人起身,嘴里嘟哝着离开。他身边的黑人尾随着他回到船头,消失在人群中。

一个老黑人朝德拉诺走过来。他头发花白,穿了件童装似的衣服。他像监护人一样,对德拉诺和善地眨了眨眼,操着生硬的西班牙语说,刚才那个打结的老船员虽然有些傻乎乎的,但没有恶意,他在船上经常会玩些奇怪的花招儿。这个黑人请求德拉诺把手中的结给他带回去。德拉诺心想,反正留着也没有什么用,不如顺水推舟。老黑人接过绳结,鞠躬致谢,然后背过身去,仔细检查,就像海关官员在查验走私品。过了片刻,他呸了一声,将绳结掷在甲板上。

德拉诺十分迷惑,不安随之油然而生。但是,就像开始晕船的感觉,他竭力转移注意力,摆脱疑念。他再次抬头远望小艇。欣慰的是,它已经将小岛抛在身后,映入眼帘。

刚才只是压抑而不去想其后果的那种不安,立马就已消除。

他那条熟悉的小艇距离越来越近,摆脱了朦胧雾霭的纠缠,完全显出了身影,就像一个人的性情自然流露。这只小艇名叫"漫游者",以前经常在德拉诺家乡的海岸出没,现在尽管在陌生的海域,但也只像是回到家门口检修,像一只纽芬兰犬一样怡然自得。看见这艘熟悉的小船,他有了万千踏实的联想,与刚才的疑虑引起的感受完全不同。他现在非常轻松、自信。想到先前的紧张与怀疑,他幽默地自责道:

> 我是德拉诺,小时候他们就叫我海滩小子。我还是那个德拉诺,手提帆布书包,经常沿岸划船上学。学校是旧船改装的。我还是那个经常和表弟纳特等人一起去采浆果的海滩小子。难道我会葬身在这天涯海角,被一个可怕的西班牙人谋害在一艘鬼影憧憧的海盗船上?这想法太荒谬了吧!谁会谋杀德拉诺?他心地纯洁。上帝在上。呸,呸,海滩小子!你只是个小孩儿罢了,孩子气的老小孩儿。我担心你开始年老昏聩,迷糊打盹,胡思乱想。

他觉得心情轻松,手脚灵便。他朝船尾走去,途中正好碰到了贝波。看见他心情不错,仆人也愉快地告诉他,主人身体好转,不再咳嗽,并说他是奉命前来答谢他的好意,主人乐意立刻见他。

你现在看到了吗?走上船尾的德拉诺心想,我笨得像头驴啊。那个和蔼的绅士在此好心地谢我,而我十分钟前还在想,他手提黑灯笼,躲在一边磨刀霍霍。也许是长时间没有风,我走火入魔了吧。我以前经常听人说,没有风的气候下人容易疯,当时我还不大相信。他独自莞尔一笑,随后朝小艇望去。"漫游者"来了,就像一只听话的牧羊犬。船头有浪花!怎么有那么大的浪花?哦,原来碰到汹涌的潮激,偏离了航向。看来还要耐心等候。

天正晌午,但水天之间灰蒙蒙一片,好像黄昏临近。

没有风,远离大陆,海洋深处的海水像铅块一样铺开。大海的运动已经完成,灵魂已经出窍,寂然无声。但从大陆港口方向来的潮流逐渐强大,无声无息地将这艘船只朝沉睡的海洋深处越推越远。

就他对这片水域的了解,仍然对微风抱有希望。任何时候都可能吹起一阵清新舒适的微风。眼前虽然看不到希望,但德拉诺仍然乐观地指望,夜晚来临前把"圣多明尼各号"安全带进港。现在这段漂移的距离不用担心。只要一阵好风,十分钟就能挽回这一个时辰的距离。他留在船尾上溜达,一会儿望望"漫游者"与潮激的搏击,一会儿看看西班牙船长是不是已经出来。

小艇迟迟不到,他逐渐有点烦躁,进而很快就变得焦虑。像舞台上的演员,他的目光从包厢一直扫到乐池,落在身前的陌生观众身上,从中辨认出刚才好像在锚链向他示意的那个年轻船员。现在,这张脸上毫无表情,他的心再次悬了起来。

他仔细回想,这种焦虑就像疟疾:原以为好了,突然又复发。

他为此感到惭愧,可他就是不能把悬着的心放下。他尽量朝好处想,暗中希望找到平衡的办法。

是的,这是一艘神秘的船只:神秘的历史,神秘的船员,神秘的乘客。除此之外,他一无所知。

为了在小艇到来之前这段时间不再胡思乱想,他在脑海中推理,思考这一船人比较奇怪的地方。其中,有四个疑点在他脑中挥之不去。

首先,黑人小孩拿刀袭击白人小孩,切雷诺却视而不见;其次,切雷诺处置黑人阿图法尔的方式专横,就像一个小孩通过鼻环牵一条尼罗河的水牛;再次,两个黑人把一个白人船员打倒在地,这种大逆不道居然没有得到任何训诫;最后,船上的人,尤其是黑人,都对船长俯首贴耳、阿谀奉承,似乎害怕无意识地犯点小错也将招致船长的雷霆大怒。

这几点联系起来看,似乎有点矛盾。德拉诺看着逐渐接近的小艇,想着接下来还会发生什么?因为切雷诺的确捉摸不透。这种人他以前碰到过,但切雷诺绝对最神秘。德拉诺心想,西班牙人本来都是些怪人,不过,我敢说,他们大多是好人,跟我马萨诸塞州的那些乡亲一样善良。谢谢上帝!"漫游者"小艇终于到了。

看见载着救援物资的小艇靠拢"圣多明尼各号",填絮的几个老黑人立即用威严的手势阻止其他黑人不要乱动。但这些黑人顾不了许多,全都靠在船舷上。他们看到小艇的船头放了一堆南瓜,船尾放了三大桶水,顿时欢呼雀跃。

切雷诺带着仆人走上甲板。他可能是听到欢声才迅速赶来。德拉诺提议用共和的平等精神,对待共和中的每一员,坚持公平原则分水。尽管他的意见明智合理,也照顾到了切雷诺的面子与方便,但切雷诺却不大愿意采纳。德拉诺心想,切雷诺也许意识到能力有限,难担船长重任,才嫉贤妒能,把任何意见都当成是对他权威的冒犯。

在准备吊水上船的时候,几个性急的黑人不小心碰到站在舷梯旁的德拉诺。冲动之下,他也就顾不得切雷诺在场,好心地以船长身份下令黑人退后。为了确保有令必行,他还做了一个软硬兼施的手势。立刻,船上的黑人如遭雷击,呆若木鸡地在原地僵立了片刻,只有那几个老黑人像传递电报一样互相交流着暗语。德拉诺正注意他们,突然听到切雷诺一声大吼,几个磨斧的黑人立即闻声而起。

德拉诺以为,切雷诺发出了信号,要置他于死地。他本想鹞子翻身,回到自己的小艇上,但突然看见填絮的老人已经跳进人群,边急切喝令白人和黑人都后退,边用熟悉、友善甚至诙谐的手势示意他镇定。随后,磨斧的黑人默默地回到原位,似乎什么都没有发生。接着,送水上船的工作继续进行,大家全都围观着开心歌唱。

德拉诺看了看切雷诺。刚才,这个病人因为激动晕倒在了仆人怀里,现在正好清醒过来,挣脱仆人的扶持。看着切雷诺瘦弱的身躯,德拉诺禁不住奇怪自己为什么会如此恐慌,为什么会在电光石火间冒出这样的念头:这样一个现在看来完全没有自控能力的船长会很邪恶,将他谋杀。

水全部吊上了甲板后,船上的服务生把罐子杯子递给德拉诺,并说受他们船长委托,请他按既定原则均分。德拉诺也不推辞,无论黑人白人,男女老幼,一视同仁。只有切雷诺,考虑到他糟糕的身体状况而不是因为他是船长,才多分了一点。德拉诺把切雷诺排在第一位领受。但是,尽管十分焦渴,切雷诺并没有立刻痛饮,而是庄严地向德拉诺致谢。喜欢看热闹的黑人纷纷报以掌声。

两个水分比较充足的南瓜预留到机舱做午饭,其余的都当场切开分食。软面包、糖和苹果酒,德拉诺本来想只留给船上的白人,尤其是留给切雷诺,但遭到切雷诺的坚决反对。这种公正无私的态度让德拉诺颇为欣赏。最后,黑人和白人都有份。只有一瓶苹果酒,仆人贝波坚持留给主人享用。

这里不妨插句话。与初次只身登船一样,德拉诺这次依然不许自己人上船,他不希望更多的人来添乱。

或许是受到船上轻松氛围的感染,德拉诺一时间满脑子都是好心想法。从新近的迹象来看,要是一两个时辰内起一阵微风,这艘船就能入港。他盼咐小艇上的人回去转告大副,尽量抽调人手,带着水桶立刻出发,到水源地补水。同时还交代,如果情况有变,这艘船只不能在日落前进港,不用为他而担心。因为晚上会有满月,他会继续留在这艘船上,随时准备导航,毕竟迟早都会有风。

德拉诺和切雷诺并肩站在一起,看着小艇渐渐离去。旁边的仆人看见主人鹿绒外套的袖子上有点污迹,正在默默地将它擦掉。德拉诺不无遗憾地说,要是"圣多明尼各号"上有这样的小艇就好了。现在它几乎什么都不剩,除了风雨剥蚀的古老船身,变形扭曲得如同用船索牵曳的沙漠骆驼骨架,船身中部像锅一样倒置,一边微翘,上面用帆布搭成洞穴一样的帐篷,住着黑人,多是妇人和孩子,蹲在破烂的垫子上,趴在黑色的椅子背上,远远看上去,就像群居的蝙蝠围成一圈,躲在舒适的洞穴里遮风挡雨。偶尔,有三四岁大的男孩和女孩,光着身子在洞口跑进跑出。

"要是现在有三四条小艇,切雷诺,"德拉诺说,"我想,即便摇桨来拖,这些黑人也能帮上你忙。切雷诺,你出航时就没有想到带些小艇吗?"

"在风暴中毁了。"

"真不幸。你不光损失了人手,还有小艇,那几次风暴一定很猛。"

"无法形容",这个西班牙人浑身哆嗦。

"告诉我,切雷诺",德拉诺兴趣大增,"告诉我,遇到风暴的时候,是不是刚过合恩角?"

"合恩角?——谁说是合恩角?"

"是你呀",德拉诺听见对方矢口否认,非常吃惊,"切雷诺,你自己说的是合恩角。"

这个憔悴忧伤的西班牙人脸色突变,低头沉默了片刻,好像准备跳海。

一个白人小孩正好从他们身边跑过,跑向船头敲响大钟。他是看着机舱中的时间,每隔半个时辰,准点跑到船头报时。

"主人",仆人停下手中活,小心翼翼地提醒沉默的主人。他怯生生的口气,似乎是在负责提醒做一件对主人有利的事情,但是他又似乎能够预见到主人讨厌他的提醒。"主人对我说过,不管他在哪里,不管在做什么,时间到了,就要立刻提醒他修面。米格尔已经敲了钟,十二点半了,时间到了,主人,要回你房舱吗?"

"嗯,好,"主人悚然一惊,如梦方醒。他抬头对德拉诺说,稍后再谈。

"既然主人还想和德拉诺谈话",仆人说,"何不邀请一起进去坐坐。主人说,客人听,贝波就在旁边准备皂泡,磨剃刀。"

"好主意",德拉诺欣然答应,"切雷诺,只要你不介意,我跟你去。"

"请便。"

在途中,德拉诺突然想,这又是切雷诺的一大怪癖,中午准时修面。不过,他转念一想,也许是仆人急于表现忠诚,看到主人情绪低落,才及时岔开话题,好让主人情绪高昂。

船长房舱在甲板靠近船尾的地方,与下面的大客舱相连,像个阁楼,原来隔成许多间,其中一部分以前供船上的管理人员使用,他们死后,隔板就撤了,成了一个宽敞通风的大厅。由于没有好的家具,也没有字画饰品,这个房舱就像大陆上某个古怪的单身汉家中零乱的客厅,狩猎服与烟袋都挂在鹿角上,钓鱼竿、钳子和手杖丢在一个角落。

大海上的房舱,大陆上的客厅,这中间倒不无相似之处,尤其是瞧瞧四周茫茫的大海,毕竟,从某种意义上说,大陆和大海是一家。

房舱地板上铺了地毯,横梁顶上的洞里并排插着四五支滑膛枪,屋子一边有张旧桌,用绳子紧绑在甲板上,桌子角就像足爪,桌上放着一本翻开的圣经,旁边的墙壁上挂着一枚小小的十字架,桌子下面有几把带齿轮的短弯刀,一堆破旧的索具,就像可怜的托钵修士的腰带,中间套着一把鱼叉。屋里还有两把长长的尖首三角帆布椅子,是用马六甲藤条编织的,年深日久,黑乎乎的看上去很不舒服,像是审讯用的刑架,带着丑陋的宽扶手,靠背上装有毛糙的叉架,用螺丝钉好,如同严刑逼供的神秘引擎。角落里放了装船旗的柜子,柜子没有上锁,露出形形色色的船旗,有些卷起来,有些半卷,还有些乱七八糟地裹成一团。对角的角落有一个黑桃木做的笨重洗手架,带座子,连成一体,就像个洗礼盆,上面有架子,放着梳子,刷子等洗浴用具。旁边就是一张破旧的帆布,上面粘着干枯的海草,被单杂乱地扔在地上,枕头皱巴巴的,似乎谁睡在那里都不会安稳,要么辗转难眠,要么噩梦连连。

房舱靠船尾的地方,留了三个孔,在风平浪静的日子里,可以当窗子,遇敌的时刻,可以当猫眼架枪炮。现在,既看不见外面有人,也看不见有枪炮。大大的环形螺栓和旁边木料上生锈的固定装置表明,架的是二十四响炮。

德拉诺进了房,看着地板上破旧的帆布问:"你就睡这里,切雷诺?"

"是,天气转暖了。"

"这间屋子好像用处很多,可以做睡房、客厅、阁楼、教堂、武库和私人盥洗室。"德拉诺环顾了四周。

"我安排不当,有失条理,主要是一切都没有理顺。"

贝波在旁边手拿毛巾,似乎等待主人放松心情。切雷诺示意做好了准备。他走过去坐在扶手椅上。为了方便与客人谈话,他的对面放了一把椅子。贝波熟练地拉开他的衣领,解开领结。

这个黑人身上有某种与众不同的东西,使他能轻而易举地胜任各种职业。大多数黑人都是天生的仆从和剃头匠。他们使起梳子和刷子来,就像摆弄响板一样得心应手。显然,他们也同样醉心于炫耀自己的手艺。处在这样的行当里,他们不乏圆滑机敏,瞧瞧他们那令人惊叹、悄无声息的轻快动作,非常优雅,讨人欢心,尤其适于供人使唤。最重要的是,他们生性幽默。这里所指的不只是露齿而笑,或开怀大笑。这些都不相宜。这种幽默,是指那种从容自在的欢愉,每个眼神,每个动作,都那么和谐。上帝似乎是按照某种愉悦的乐章来铸造黑人。

除了幽默的天赋,他们还很温顺。这种温顺源于头脑简单,不存奢望,易于满足。在下等人身上,温顺是不可辩驳的事实。上等人往往盲目相信他们的温顺。这就是为什么一些疑心病患者,如约翰逊博士和拜伦,他们或许与忧伤的切雷诺相似,几乎完全排斥了白人种族,只信任他们的黑奴。这个黑人如果不是以幽默和温顺洗刷了切雷诺身上散发出来的酸腐和病态,他要给人留下善良的印象,就必须具有最动人的品质。当与周围身心和谐之时,德拉诺不仅会有善心,而且平易近人,诙谐幽默。在家中,他不会光坐在门口,看黑人独自玩耍或做事,这不会有什么意思,他会加入其中。如果航行中偶尔有个黑人船员,他会与他聊聊天,开玩笑。事实上,像大多数善良开朗的人一样,德拉诺对黑人抱有好感,这不是出于人道关怀的好感,而是天生的好感,就像人们对纽芬兰犬有天生的好感。

德拉诺发现,"圣多明尼各号"上先前的氛围影响了他对黑人的好感。但在这间房舱,他不再感到恐惧,相应地,他也就主动活泼许多。他看着仆人手拿毛巾,对主人体贴温顺,为主人做修面这等亲密的活,他对黑人的好感也就再度油然而生。

他最感兴趣的是,黑人尤其喜欢亮丽的颜色和优雅的表演。正好,仆人顺手从装船旗的柜子中拿出一面颜色亮丽的彩旗,优雅地放在主人下巴当围巾。

西班牙人的修面方式与众不同。他们有专门的盆子,盆子边沿部分挖空,正好把下巴浸泡在皂沫中。修面不仅要用刷子,还要把盆里的皂沫擦在脸上。

由于缺水,所以只有用海水代替。皂沫水涂在上嘴唇,下喉咙和长满胡须的地方。

德拉诺觉得修面的准备工作有点新奇。他默默地坐在旁边观看。切雷诺似乎暂时也无心交谈。

仆人放下盆,摸出工具袋,找到最锋利的剃刀,在摊开手掌坚硬、平滑而油腻的皮肤上娴熟地磨试了一下刀锋,然后示意准备开始,但剃刀递到半途又停顿了片刻。他抬手移开剃刀,熟练地擦掉主人细长脖子上残留的皂沫。切雷诺看见明晃晃的刀片近在眼前,好像很紧张,脸皮不由自主地痉挛。他似乎连擦去皂沫都会害怕。皂沫在仆人黑色肌肤的映衬之下变得更黑。在德拉诺看来,这多少有点奇怪。看见这两个人的架势,他不由想,仆人仿佛就是施行斩首的刽子手,主人倒是砧板上的鱼肉。这个怪念转瞬即逝。也许,最有理性的头脑也难免冒出这种想法。

慌乱之下,切雷诺脖子下的彩旗松脱开来,像帘子一样滑过椅子扶手垂到地板上,露出绣有城堡和狮子的图案。

"城堡和狮子",德拉诺惊呼道,"切雷诺,你居然这样糟蹋西班牙国旗。幸好是我看到,不是你国王陛下看到,"他转身笑对着仆人。"不过,我想,用什么都一样,反正颜色亮丽",听到这句笑话,仆人也跟着笑了起来。

"这次要小心,主人,"仆人重新把西班牙国旗围在切雷诺胸前,将他的头轻轻地朝后按向叉形靠背,明晃晃的刀锋凑近他的喉咙。

切雷诺的脸皮不由自主地再次抽动。

"不要动,主人。你看,我修面的时候主人总要动。主人知道,我不会弄出血,我从来没有弄出血,但是,主人如果继续动,我保不准会失手"。他停顿片刻,转向德拉诺说,"你们不妨继续聊聊遇到风暴时发生的事情,任何事情都可以,你问,主人听得到,也能回应"。

"我正想问风暴的事,切雷诺",德拉诺说,"我越想你的航程,越觉得奇怪,倒不是对风暴奇怪,我知道它们一定很猛,我奇怪的是风暴后灾难性的耽搁。因为照你的说法,从合恩角到圣玛丽亚岛,已经有两个多月了,这段距离,如果顺风顺水,要是我,几天就可以到。不错,你遇到了无风天气,很长时间,但长达两个月的无风,这至少不太正常。如果其他人这样说,我的确有几分不信。"

切雷诺的脸再一次痉挛,也许是吃惊,也许是船身突然抖动,也许是仆人手上的剃刀没有拿稳,不管怎样,鲜血正顺着刀把子滴落,染红了喉咙下面油腻的皂沫。仆人立刻熟练地移开剃刀,背着德拉诺,面对切雷诺,举起滴血的剃刀,抱歉地打趣道,"你看,主人,你这一动,我就流血"。

切雷诺的表情远比英格兰胆怯的国王詹姆斯一世看到有人拔剑行刺他时的表情还要惊恐。

德拉诺心想,这可怜的家伙也太紧张了,连刀子上的血都不敢看。这么紧张的病人,我居然在想他会放我的血,简直好笑。德拉诺,你脑子今天肯定不对劲。德拉诺,你真笨,回去后千万不要告诉别人。你看,你看,他像杀人犯吗?他才像个挨刀的。好了,好了,今天的经历以后就当成是不错的教训。

他真诚自责的时候,仆人拿起搭在手腕上的手巾,对切雷诺说:"主人,你还没有回答客人的问话。我先擦掉剃刀上这点血迹,趁机也把刀磨利点。"

他说完后半转身,似乎是想同时看到主人和客人。他的表情仿佛也暗示了他的想法,让主人与客人继续聊天,可以不知不觉地转移注意力,不再去想刚才发生的烦心事。对此提议,切雷诺似乎也很高兴,就像抓住了救命的稻草。他平静地对德拉诺说,耽搁那么久,不只是由于天气反常,长时间无风,还因为船遇到巨大的潮流。他接着解释了从合恩角到圣玛丽亚岛为什么如此漫长,其中有的只是重复先前的说法。他时不时地赞赏黑人,总体表现良好。他的话断断续续。在停顿的当口,仆人抓住机会,用剃刀修面。因此,也可以说,切雷诺是在修面的间歇,用极度沙哑的声音叙述船只的遭遇,赞叹黑人。但在德拉诺听来,这些赞叹依然缺乏说服力。

德拉诺突然起了疑心,心想,这个西班牙人的话中怎么有些空洞,似乎是对仆人默默修面的空洞回应。这个念头在他心中一闪：主仆两人可能出于不可告人的目的，一言一行，都是在他面前演戏。但怀疑他们狼狈为奸，除了他们先前窃窃私语半天，似乎没有别的证据。如果他们真是狼狈为奸，那在他面前演戏有何企图？他百思不得其解，干脆认为这是受到切雷诺现在舞台小丑样子的影响，莫名其妙地就蹦出来的怪念。于是，德拉诺迅速抛开了这种想法。

修完面后，仆人拿了一小瓶香水摇了摇，喷了几滴在主人的头上，然后仔细地按摩起来。他的力道可能过猛，切雷诺的脸又奇怪地抽搐。

仆人接下来前后左右地打量着主人的头发，拿着梳子、剪子和刷子在这里弄平一根翘起的卷发，在那里剪掉一根零乱的胡须，时而优雅地按按太阳穴，时而轻柔地捏捏主人的手。像别的绅士一样，切雷诺也任由理发师打理，不再像先前那么紧张。他安静地坐着，身子僵硬，脸色苍白，就如一尊即将完工的玉石雕像。仆人就好像是努比亚雕塑家。

最后，仆人取下主人胸前的国旗，卷起来重新放回原处。他轻轻地吹了一口气，吹掉残留在主人脖子上的碎发，整理好主人的衣领和领结，用棉布球擦去小鹿皮外衣天鹅绒翻领上的灰尘。他略微退后端详了主人片刻，脸上暗露得意之色，像在欣赏亲手完成的艺术品。

德拉诺船长先对主人的焕然一新表示了祝贺，然后高兴地恭维仆人的手艺不错。

虽然饮水已经送来，香水已经喷上，仆人对他忠实，客人对他友善，西班牙船长依旧郁郁寡欢。看着对方毛病复发，独自闷坐，德拉诺心想，自己在场可能不受欢迎，就找了个借口告退，装着出去看他预言到来的风是否起了点苗头。

他走到主桅前停留了片刻，仔细回想了刚才的一幕，感觉有点不妙。他听见房舱里传来响动，转身发现仆人正摸着脸颊。他走过去几步定睛细看,仆人的脸上流着血。还没等他开口问原因,仆人就已自言自语地大哭起来。他顿时明白了原委。

"主人的病什么时候才好啊,他是生了病才这样怪地对我啊,我只是不小心划破了一道口子,他就要用剃刀报复我,这些天来,我还是第一次失手啊,呜,呜,呜……"贝波捂着脸痛哭失声。

这也太过分了!德拉诺想。这人黑着脸逼我出去,莫非就是为了在背后惩罚他可怜的仆人?我的上帝,这种奴役关系在人类身上滋生出多么变态的感情。可怜的孩子!

他本想立即冲进去,为仆人说几句好话,但他克制了冲动,犹豫了片刻才进屋。

屋里的两个人看见他,都迎了上来。切雷诺斜靠在仆人身上,仿佛什么都没发生。

真像吵嘴的小夫妻,德拉诺心想。

他和切雷诺边散步边聊天。刚走几步,船上的服务生走过来,行完额手礼,报告说客舱午饭准备好了。这是一个穆拉托人,身材高大,像印度酋长一样包着用三四条马德拉斯布手帕做的头巾,层层相叠,犹如佛塔。

穆拉托人走在前面引路,他频频回头弯腰微笑,动作优雅。相形之下,瘦小秃顶的贝波显得无足轻重。他似乎也意识到了自己地位低微,所以也在偷偷打量这个优雅高大的穆拉托人。不过,德拉诺将他的偷看归咎于非洲黑人的复杂情绪,他们对黑白混血的穆拉托人不无嫉妒。这个做服务生的穆拉托人的举止,如果不是暗含着某种自尊和高贵,也证明了他极力取悦于人的愿望。这是值得加倍称赞的,既是基督教的美德,也是切斯特菲尔德等英伦贵族的美德。

德拉诺还饶有兴致地注意到,这个穆拉托人的肤色是黑白混血,但他的体貌却与纯正欧洲白人相同。

"切雷诺,"德拉诺低声说,"我很高兴看到,你用这个人来拿着你的王杖引路。这一幕反驳了一句丑陋的言论,这是一个巴巴多斯的种植园主告诉我的:如果一个穆拉托人长着欧洲白人的面孔,就要提防他,他是个魔鬼。但你现在看,你服务生的五官比英格兰的乔治国王还周正;他点头、哈腰、微笑,简直就是一个国王,一个心地最为善良、谦恭有礼的国王。你听,他的声音多悦耳。"

"对。"

"不过,你告诉我,既然你熟悉他,他是不是善良可贵?"德拉诺说完停顿了片刻。此时,这个服务生行完最后的屈膝礼,进了客舱。"我很想知道答案。"

"弗朗西斯科是个好人,"切雷诺慢吞吞地说,就像一个铁面无私的裁判,既不挑剔也不恭维。

"对吧,我一直是这么想的。因为这有些奇怪,对我们这些白人来说也不是很可信,如果把我们的一点点血混进非洲黑人的血里,不但改善不了这些黑人的品质,反倒会产生可悲的效果,就好比将硫酸倒进黑色的肉汤,肤色或许有点改善,但心灵依然邪恶。"

"是,是,"切雷诺看着贝波,"我们先不谈黑人,那个种植园主的话,我也听过,我们那里的人也这样说西印混血儿"。然后,他心不在焉地补充说,"只是我也说不准。"

话音刚落,他们进了客舱。

午餐很简单:德拉诺送来的鲜鱼、南瓜、饼干、咸牛肉,单独留给切雷诺的苹果酒,外加"圣多明尼各号"上最后一瓶加那利白葡萄酒。

他们进来的时候,弗朗西斯科正带着两三个黑人手下围着桌子最后张罗。眼见主人进房,这些人立马撤退,只有弗朗西斯科停留了片刻,然后微笑、告退。切雷诺也懒得理会,只是高傲地说,他不喜欢多余的人陪。

没有人作陪,宾主坐下,像未有生育的夫妇,面对面地坐在桌子两端。突然,切雷诺挥手示意要和德拉诺换位,尽管他虚弱,行动不便,但他坚持客人坐在主位。

贝波在切雷诺的脚下铺了一张地毯,背后放了一张靠垫,然后退到一边。他没有站在主人的椅子后,而是站在德拉诺的身后。起初,这有点让德拉诺吃惊。但他很快就明白,仆人的位置选择充分体现出他心细如发:站在主人对面,主人有一丝需要,他随时可以观察到。

"你的仆人非常聪明,切雷诺。"德拉诺身子前倾低声说。

"是。"

德拉诺有意岔开话题,想了解更多航程中的细节。他问,为什么坏血病和热病会使白人几乎全部覆灭,而黑人却只减半。这个问题仿佛将灾难场景活生生地带回到眼前,让切雷诺想起他在客舱中刻骨铭心的孤独,而此前他有许多朋友和船上管理人员在身边。他双手颤抖,脸色惨白,语声哽咽。他似乎不再能够冷静回忆,而是陷入了恐惧迷狂。他两眼惊恐,茫然地看着前方。但除了仆人递给他的白葡萄酒,他似乎什么也看不见。他连饮了几口酒,才稍微缓过神来。他淡淡地说,也许是人种的不同,黑人对瘟疫有更强的免疫力。这种说法德拉诺还是第一次听到。

对于接下来的支出,德拉诺想与切雷诺明算账。虽然他答应帮助切雷诺渡过难关,提供全新的船帆等等,但这些东西不是他的,他要向货主交代,他自然想私下协商,希望仆人回避。他心想切雷诺也许会支开下人几分钟。但他等了片刻,见切雷诺没有吭声,于是想谈一阵别的事情后,也许不需提醒,切雷诺会选择合适的时机切入这个话题。

然而,话题的进程完全出乎他的意料。德拉诺实在耐不住,做了个轻微的邀请手势,直视着对方的眼睛轻声说,"切雷诺,很抱歉,这里有外人,有些话我不方便直说。"

切雷诺闻声陡然色变。大概他讨厌这样含沙射影的说话,尤其是拐弯抹角地说他的仆人。他迟疑了片刻,强调说,贝波在此没有任何不妥,因为自从失去助手之后,他已经把贝波(现在看来他是这批奴隶的总管)当成无话不谈的心腹。

德拉诺心里虽然不愉快,但也不好多嘴。他诚心打算提供帮助,可对方这点小面子也不给。不过,他把这想法只当成是牢骚。于是,加满酒开始谈正事。

船帆等物资的价格很快敲定。不过在谈价钱的时候,德拉诺注意到,他先前主动提供帮助时对方热烈欢迎,但现在成为一场商业交易,主人就立马冷面相向。切雷诺似乎更关心商品的价格,而不是关心这些东西对他和航程有多大的帮助。

谈完价格之后,切雷诺更加沉默。要想拉他重新谈话,看来是白费劲。他坐在位置上,揪着胡须,脸色阴晴不定。仆人也像墙上画中人物一样沉默,只是机械性地为他的杯子缓缓斟酒。

午餐过后,他们坐在客舱门口过梁下面的垫子上。仆人在主人身后放了个枕头。长时间持续的无风天气让气氛更加沉闷。切雷诺沉重地叹了口气,好像呼吸很艰难。

"何不去房舱,"德拉诺建议,"那里空气好"。

切雷诺没有说话。仆人跪在他面前,拿着一把大大的羽毛扇为他扇风。弗朗西斯科蹑手蹑脚地走过来,递给仆人一小杯香水。仆人不时地用它擦擦主人的眉毛,抹点在太阳穴边的头发上,像护士照料婴儿。他没有说话,只是看着主人的眼睛,似乎他忠诚的默视能够略微舒缓主人的痛苦。

船上的钟声突然敲响,已经午后两点了。透过客舱的窗口,可以看见海水泛起轻微的涟漪,来自大海的深处。

"起风了,"德拉诺惊呼,"我说过会起风,切雷诺,你看!"

他激动地跳起来,希望也能感染同伴。尽管切雷诺身边飘动起来的深红色窗帘正好拂在他苍白的脸上,但他一点不激动。他似乎习惯了无风的天气,不欢迎轻拂的微风。

可怜的家伙,德拉诺心想,他从惨痛的经历中学会,正如一燕不成夏,一丝波纹也不代表要起风。也许他一朝被蛇咬,十年怕井绳。但他这次判断错了。我将带这艘船靠岸,证明给他看。

他对切雷诺说,你呆在这里别动,我将愉快地担起职责,充分利用这阵风力,指挥船只靠岸。他这样说,其实是在暗示切雷诺的脆弱。

他刚准备走上甲板,突然吓了一跳。阿图法尔站在门口,像黑色大理石雕刻的搬运工,守在埃及古墓的入口。

他的吃惊也许纯粹是身体的反应。在船上,阿图法尔的存在与磨斧黑人的存在形成了鲜明的对比。他虽然闷闷不乐,但还是以独特的方式证明了他的温顺;那些磨斧黑人的温顺却表现在兢兢业业的工作中。他们都表明,切雷诺的权威虽然多少有些动摇,但只要他愿意威风,无论多么高大的蛮子,多少都必须服从。

德拉诺取了一只挂在船壁上的小号,快步走到尾楼前边,用流利的西班牙语发布命令。无论是白人,还是黑人,全都乐意听从他的指令,一起用劲,驾驶船只朝港口进发。

他刚刚发令降低船帆,德拉诺突然听到有人在忠实地重复他的指令。他转过身,原来辅助他的是贝波,在行使黑人总管的职责。贝波的支持显然非常宝贵。很快,破烂的船帆补好了,扭曲的横杆修正了。每次牵引吊索或拉索,都伴随着黑人快乐有力的歌声。

多么好的人啊,德拉诺想,只要稍加指点,他们就是很好的船员。你看,就连女人也在用力拉,起劲唱。她们一定是阿散蒂人,我听说过,她们是最优秀女勇士。咦,谁在掌舵?我必须在那里安排个好手。

他决定过去视察。

这艘"圣多明尼各号"用的是一副沉重的舵柄,上面有成排的大滑轮。每片滑轮的后面都站着一个黑人做帮手,在他们中间,舵柄头上这个责任最为重要的位置是一个西班牙船员,从他的表情可以看出,他对微风的到来充满自信和期待。

原来是在绞盘附近见过的面露愧色的船员。

"啊,——是你,我的朋友,"德拉诺连声称赞,"好样的,你不再像羔羊!紧盯前方,把住方向。我相信你是个好手。你有信心进港,是不是?"

这个船员腼腆地笑了笑,紧紧地把住舵柄。他没有注意到,旁边有两个黑人正偷偷地注视着这个船员的举动。

德拉诺发现船尾没有问题,决定去看看船头。

这船现在劲力十足,乘风破浪。随着夜幕降临,风一定会更大。

一切就绪,德拉诺给船员下了最后指令,然后转身回到客舱,向切雷诺通风报信。或许他还抱有一点希望,趁仆人在甲板上忙,抓住机会和切雷诺聊聊。他想到这点,心里不由得有些激动。

尾楼下面,有左右两条通道通向客舱,一条通道稍长。看见仆人贝波仍在甲板上,德拉诺选了就近入口的那条较长通道。通道的入口处仍然站着阿图法尔。他加快脚步穿过通道,到了客舱门前歇息了片刻,等稍微平息下激动的心情,他才跨进门,走到坐着的切雷诺身前。但他话刚到嘴边,就听到身后有急匆匆的脚步声传来,从另一处通道闪出的是手拿托盘的仆人。

"这个家伙像影子一样,我的计划又泡汤了,"德拉诺暗想,"这也太巧合了,真气人。"

要不是轻拂起的微风带给他轻松与自信,他可能会更加觉得气人。但纵然有微风轻拂,他的心仍然隐隐作痛,因为他脑海里莫名其妙地将贝波和阿图法尔联系在一起。

"切雷诺,"德拉诺开口说,"我给你报喜来啦:起风了,风力还会加大。顺便告诉你,那个牛高马大的阿图法尔像钟一样准时,站在外面还没有走。是不是你命令的?"

切雷诺浑身一颤,似乎听到绵里藏针的冷嘲热讽,不留把柄,让他无从反击。

他就像被剥了皮的活人,德拉诺心想,随手一碰,就会哆嗦?

仆人走到主人面前,调整了一下靠垫。切雷诺回过神来,想起有失礼仪,尴尬地答道:"对,这个奴隶站在你看见的位置,是我的命令。只要我在客舱,他就必须站在那里恭候,等我接见。"

"啊,切雷诺,请原谅我这么说,他以前好歹也是个部落酋长,你这样对待他,"德拉诺笑了笑,沉吟片刻接着说道,"尽管你在许多事情上表现得宽厚,但我恐怕不得不说,你骨子里还是个暴君。"

切雷诺的脸再一次抽搐。这次抽搐,善良的德拉诺想,也许来自于良心的刺痛。

他们的谈话以沉默告终。茫然中,德拉诺的注意力转移到船底龙骨乘风破浪的温柔移动。切雷诺双眼暗淡,默然不语。

来自海洋上的风力渐渐加大,将"圣多明尼各号"迅捷吹向港口。转过大陆的一角,远远地就能看见停在港口的船只。

德拉诺回到甲板上,站着观察了一阵,随后下令改变航线,绕过暗礁入港。然后,他回到客舱。

这次我要让可怜的朋友高兴起来,他想。

"胜利在望,切雷诺,"他轻快地走进客舱,"你马上就不用担心啦,至少目前不用担心啦。你知道,经过了漫长的悲伤海途,船终于可以靠港,沉重的负担可以从船长的心上放下来了。一切顺利,切雷诺。我的船就在眼前。你从这边舷窗看,它就在那儿。啊,'快乐的单身汉号',我的好朋友。啊,这阵风多么舒服。来吧,今晚务必前来跟我喝杯咖啡。我船上那个年老的服务生将给你煮一杯上好的咖啡,只有伊斯兰国家的元首才能喝到的咖啡。你说话呀,切雷诺,你究竟愿不愿意来?"

起初,这个西班牙人激动地抬起头,无限向往地看着"快乐的单身汉号"。仆人则默默地注视着他的表情。突然,惯常的冷漠回到切雷诺的脸上,他低下头,蜷缩在靠垫上,还是不做声。

"你还没有回答!来吧,你整天都在招待我,我不该回报你一次?"

"不去。"

"为什么?你不会是太累了吧。我们的船靠在一起,我又不会陷害你。从你的船到我的船,就像从这间房到隔壁房。来吧,来吧,不要拒绝我。"

"不去",切雷诺用生气的口吻斩钉截铁地说。

他完全撕下了虚伪的面纱,死气沉沉,恼怒地咬着薄薄的指甲,直到咬出手指的肉根。他对客人几乎是怒目而视,似乎像有陌生人在场干扰他缠绵于临终前的回忆,很不耐烦。此时,乘风破浪的声音越来越欢快地从窗子里传进来,像在咯咯地笑,责备他忧郁阴暗的脾气,似乎是在告诉他,他无论多么生气,生气得发疯,造物根本就不会在乎,因为根本就不是造物的错?

海风吹得越大,切雷诺的脾气越坏。

他身上有某种东西,远不只是此前流露出的孤僻或妒忌,以至于好心的客人也不再能够忍受。德拉诺完全不知道这个人为何会这样,只有将他的古怪举动归因于疾病的影响,虽然偏激,但没有充分的理由,完全能够满意地解释他的行为。他也禁不住心高气傲起来,沉默不语。但不管他说话还是沉默,对方似乎都无所谓。德拉诺干脆告退,来到甲板上。

现在离港不到两三海里。停泊在港口的"快乐的单声汉号"似乎正急不可待地向这艘船跑来。

在他高明的指挥下,这两艘船很快就会像邻人一样靠在一起。

德拉诺本来想在回到自己船上之前,与切雷诺商量一下相助的细节。但他最后决定,与其再碰一鼻子冷灰,不如等"圣多明尼各号"安全靠岸,他就立刻下船,不再提谢谢招待和好意帮助的事。他觉得最好暂时推迟下一步计划,准备见机而行。他的船只正敞开双臂迎接,但切雷诺却仍躲在客舱中迟迟不出来。德拉诺心想,也罢,他没有教养,我还是要有礼数。他走进客舱,准备客气地道别,也许还能无声地责备他一下。然而,让他十分满意的是,切雷诺似乎感到了来自他怠慢的客人得体反击的压力。他在仆人的帮扶下站起身,抓住德拉诺的手,浑身颤抖,好像激动得说不出话。但只有瞬间,这美好的征兆突然熄灭。他再次陷入沉默,更加忧伤。他半转身,目光斜视,默默回到坐垫。见此情景,德拉诺也觉寒意重临,连忙抽身告退。

从客舱到舷梯的狭窄过道像隧洞一样幽暗。他差不多走到中途时,突然一个声音传入耳膜,如监狱行刑时响起的丧钟。这是船头的钟在报时。钟声在地穴一样的通道中沉闷回响,让他心生不祥之兆。突然,他的脑海中想到的全是命中注定。他停下脚步。各种画面电光石火般在他脑海中划过,全是他先前怀疑的种种微妙细节。

对于这些合情合理的恐惧,他因心地善良而易于轻信,总能随时找到理由。这个严谨守时的西班牙人,现在为什么一反常态,不来陪送即将离开的客人到船边?是身体有病、行动不便?同样的身体,这天他不是干了其他更伤神的活动?德拉诺脑海中反复闪过切雷诺最后那张表情复杂的脸:他站起身,握手,取帽子,刹那间,愁云笼罩,寒气森森。这是否暗示,在最后一刻,他忏悔了,决定放弃不可告人的阴谋,只是转眼之间,他又决定冷酷到底,一不做,二不休?他最后的眼神,似乎暗示了某种灾难,似乎是在默默地与德拉诺永远告别。他为什么拒绝接受邀请?他是不是和犹大一样冷酷无情,不但不和他共饮,晚上还要背叛他?他葫芦里究竟卖的什么药?这一整天的谜团与矛盾,除了意在欺人耳目之外,是不是闪电奇袭的前奏?阿图法尔也许是个伪装的叛徒,像准时来临的影子悄无声息地藏在门外。他似乎是个卫兵,也许重任更大。如果不是他自愿,那是谁安排他守在那里?莫非是仆人贝波,正等着偷袭?

德拉诺想到自己可能腹背受敌,不由自主地咬紧牙关,捏紧双拳,加快脚步,闪电般地冲出通道。

他刚冲出通道,回头一看,阿图法尔还站在入口处。原来是虚惊一场。他看见自己的船只静静地停在港口严阵以待,上面说话的声音都能听到。他还看见熟悉的小艇上熟悉的面孔。小艇随"圣多明尼各号"荡起的细浪起伏,但这些人却站着耐心等候。然后,他环视了所站的甲板,看见填絮的老人仍然面无表情地忙着,听见磨斧黑人低声的口哨。他还看见了自然美好的一面,在暮色中呈现纯洁的身姿。西下的太阳落入了肃穆的群山那边,柔和的夕阳光线像从亚伯拉罕的帐篷顶上穿越而过。他的身心都沐浴在这美丽的一切中。他看着身后带着镣铐的阿图法尔,咬紧的牙关和紧握的双拳渐渐松弛。他再次嘲笑了他的幻象。因为先前受到过幻象的愚弄,他感到有一点点后悔。幻象虽然短暂,但他还是暴露出他不是一个彻底的无神论者,也就是,他怀疑一直有上帝垂顾。

他发出指令,把"圣多明尼各号"的舷梯和小艇对接,船上的人迟疑了几分钟,但还是服从了他的指令。在此期间,德拉诺的心头既得意又难过:想到这一天他为一个陌生人尽心尽力地做好事,他就不无得意;但是只要想到,他做了好事之后,无论受益多少,对方却没有发自肺腑的感激,他就有些难过。

现在,他面向甲板,一只脚已经踏在舷梯的第一级台阶,准备下船。就在此时,他听到有人轻轻地呼唤他的名字。让他惊喜的是,切雷诺来了:他以非同寻常的力量,似乎要在最后一刻,决心为他刚才的不逊而忏悔。带着本能的好感,德拉诺收回他迈出的脚,转身迎了上去。看他回身,这个西班牙人更加紧张焦虑,终于力量不支。为了更好地扶助他,仆人将主人的手放在他裸露的肩头,甘愿担当拐杖,轻轻地架住主人。

德拉诺也过去扶住切雷诺。切雷诺再次紧紧抓住他的手,同时使劲地朝他递眼神,但像先前一样,激动得说不出话。

我错怪了他,德拉诺暗自内疚,他表面的冷漠误导了我,他从来没有想过得罪我。

似乎是担心告别的时间太长会让主人虚脱,仆人急于想早点结束。因此,他依然充当着丁字形的拐杖,走在两位船长中间,与他们一道走向舷梯;但是,切雷诺仿佛充满了由衷的歉疚,他的手横过仆人的肩头,抓住德拉诺的手不放。

他们站在船边,看着下面的小艇。小艇上的人也都奇怪地抬头望着他们,让等待切雷诺松手的德拉诺觉得有点尴尬。犹豫了片刻,德拉诺抬起脚,迈上舷梯。切雷诺仍不肯松手,激动地说:"我不能再送你一步了。在此,我跟你郑重道别。再见,我亲爱的德拉诺。走吧——走!"他突然松手,"走吧,愿上帝更好地保佑你,我最好的朋友。"

德拉诺也动了感情,本想再停留片刻,但看见仆人在一旁善意提醒的温和眼光,于是匆忙告别,回到自己的小艇。在他身后,切雷诺不停地说着再见,双脚就像生了根一样站在舷梯上。

德拉诺在小艇尾坐定,挥手道别,命令开船。船员早就把好桨,头桨手把船撑开,与"圣多明尼各号"保持足够的距离,以便起桨划行。突然,就在起桨的瞬间,切雷诺翻过船舷,摔在德拉诺的脚边,同时回身朝"圣多明尼各号"上的人大喊,他的声音因激动而近乎疯狂,德拉诺和同伴都没听明白。但是,几乎就在同时,三个船员从"圣多明尼各号"上不同的方位扑通跳进大海,朝小艇游来,似乎想来救人。

小艇上的船员都大惑不解,连问怎么回事。德拉诺看了看脚下语无伦次的切雷诺,轻蔑地笑着说,他不知道,也不在意。

但是，切雷诺似乎已经给他的船员造成了这样的印象，他被绑架了。突然，德拉诺惊恐地看到"圣多明尼各号"上一片混乱，磨斧的黑人拉响了警报。"缴械不杀！"他掐住西班牙船长的脖子，大叫道，"海盗抢劫以谋杀论处，该当死罪！"他话音刚落，好像是要验证他话的真假，仆人贝波手持匕首，翻上舷栏，稳住身形，作势欲跳，似乎是要誓死追随主人。与此同时，看上去是要助贝波一臂之力，三个白人船员正准备爬上小艇的船头。船上的黑人看着落入虎口的切雷诺，似乎怒火中烧，全都黑压压地挤到船边。

这些事情都在电光石火之间发生，分不清先后，时间似乎凝固。

仆人似乎是有意跳向他事先选定的位置，匕首直指德拉诺的心口。看到仆人飞身扑来，德拉诺抢先一脚将切雷诺踢开，然后本能地侧身，闪开半步，待敌扑空，不等他站稳脚跟，顺势就将他擒住。仆人贝波踉跄几步，趴在船中间，匕首掉在一边。现在，桨全都解开，小艇就像箭一样射出。

德拉诺腾出左手抓住即将晕倒过去的切雷诺，右脚踩在匍匐在船中的黑人身上，右手划着后桨，紧盯前方，嘴里鼓励船员，用尽全力，加快速度。

此时，坐在船头的船员成功阻击了那三个欲登船的跳海白人，正好回过头来看船尾，帮助头桨手。突然，他大叫一声，提醒德拉诺小心脚下的仆人；几乎就在同时，另一个葡萄牙桨手也大叫一声，提醒注意切雷诺在说什么。

德拉诺一低头，看见仆人那只还能活动的手正掏出藏在毛衣里的小小匕首，偷偷地举起对准主人胸口扎去；他面如死灰，充满怨毒，泄露了心中最深的秘密。他的主人激动得胡言乱语，茫然后缩。小艇上只有那个葡萄牙船员才听懂了他在说些什么。

刹那间,一直蒙在鼓里的德拉诺恍然大悟,出乎意料地清醒,明白了切雷诺的奇行,明白了这一天发生的怪事,明白了"圣多明尼各号"的经历。他用力打掉了贝波手中的匕首,但他挥不去心上遭到的打击。他带着无尽的遗憾,松开抓住切雷诺的手。黑人贝波跳进小艇打算刺杀的不是他,而是主人切雷诺。

德拉诺将贝波的双手擒住,转头看着"圣多明尼各号"。他的眼前已无障碍,看清了那些黑人并不是真正的自由散漫,并不是故意动荡不安,并不是为切雷诺的安危疯狂揪心,而是戴着面具;现在他们抛开了面具,手提寒气森森的刀斧,成了十足的疯狂海盗。那六个阿散蒂人,像发疯的黑人托钵僧,在船尾手舞足蹈。看见船上的黑人阻止他们跳入大海,那几个西班牙小孩匆忙之间爬上最高的圆杆。那几个警觉性稍差的西班牙船员,没有来得及跳海,混杂于黑人之中,无助地大呼小叫。

眼见形势紧急,德拉诺立刻发信号招呼"快乐的单声汉号"打开炮眼,准备开炮。就在此时,"圣多明尼各号"的缆绳突然切断,其中一端在猛烈疾速地甩动中,将覆盖在船嘴上的帆布掀开,随着刷白的船身朝大海深处一晃,露出一个人的骷髅,下面有一行粉笔字,"追随你的领袖"。

切雷诺突然掩面,失声痛哭:"就是他,阿兰达!我被谋杀的朋友,尸骨未寒啊!"

小艇靠岸后,德拉诺命令拿来绳索,把仆人捆绑起来。贝波也没有反抗,任由他们吊上"快乐的单身汉号"。接下来,德拉诺本来想搀扶起几乎筋疲力尽的切雷诺从舷侧上船。但面色苍白虚弱的切雷诺表示,除非先将仆人关押在船舱中他看不见的地方,否则他不会上去,即便拖着他上船也不干。最后,向他保证已经按他的吩咐做了之后,他才安心登船。

安顿好切雷诺,德拉诺立即派小艇回头去救跳海逃生的三位船员。此时,"快乐的单身汉号"上的枪炮已经准备就绪,但由于"圣多明尼各号"在身后撤离,只有船尾的那门炮才能起作用。他们连放六炮,想打掉圆杆,阻止它逃逸,结果只摧毁作用不大的缆绳。很快,朝海上逃去的"圣多明尼各号"就脱离了射程之内。船上的黑人挤在船尾,时而对着船上的白人嘲笑怒骂,时而高举双手歌颂暮色中宽阔的海洋,宛如逃脱了猎人枪口的聒噪乌鸦。

德拉诺的直觉反应是解开"快乐的单声汉号"的缆绳追击。但他转念一想,用小艇和帆船,也许追上的希望更大。

德拉诺询问"圣多明尼各号"上还有什么枪炮,切雷诺说,上面没有可以用的枪炮,在叛乱之初,一个客舱乘客已经偷偷地把船上仅有的几把火枪扣板弄坏。说到这里,他已经喘不过气来,但他还是用尽最后一点力气,请求德拉诺,无论如何,要放弃追击,因为那些黑奴都是些亡命之徒,万一强攻,结果只能是船上剩余的白人全部被害。德拉诺听了这番警告,禁不住想,这个西班牙人在灾难面前已经吓破了胆,不足为虑。

小艇和帆船都做好了准备。德拉诺命令手下各就各位。就在即将出发之际,切雷诺再次抓住他的手臂,言辞恳切地说:"你不要去!你救了我的命,难道你想搭上自己的命?"

权衡了各方利益,大副等人也强烈反对他亲自上阵。德拉诺沉吟了片刻,最终觉得留下为妙;于是,他将冲锋陷阵的指挥权授命给身强力壮、意志坚定、以前做过海盗头子的大副。为了鼓舞士气,他许诺,切雷诺已经当他"圣多明尼各号"上的货物遭海盗劫掠,船上的金银珠宝及价值上千两银子的货物只要夺回,大部分就归他们所有。这些船员闻言,激动得高声叫好。

"圣多明尼各号"现在已经逃逸得很远。天就要黑了。幸好月亮慢慢浮出海面。经过奋力追赶,追击的船只终于赶上了"圣多明尼各号"后侧。他们放下桨,保持着适度的距离,便于火药枪上膛发射。他们没有遇到回击,"圣多明尼各号"上的黑人只有徒劳地愤怒和干吼。但是,第二轮枪炮发射之后,这些黑人像印第安人一样,用力朝他们抛掷斧头,其中一把斧头切断了一个人的手指,一把砍断了船头缆绳,钉在甲板边上,摇晃不停。大副拣起这把像伐木工使用的斧头,扔了回去,正好砸在"圣多明尼各号"船尾破败的廊道上,再也无人理会。

　　黑人故意采取激将法,引他们靠近。追击的白人没有上当,相反为了安全考虑,还拉开了一点距离。现在,趁对方的斧头攻击不到,他们开始准备下一步的强攻。在近身战斗中,黑人最有杀伤力的就是他们的斧头,他们要想法引诱黑人,像发射炮弹一样盲目地消耗武器。这些斧头都没有击中目标,纷纷掉进海里。不久,黑人看穿了他们的意图,不再进攻。但是,许多斧头已经抛进大海,只有换上绞盘棒。不出所料,削减了黑人杀伤性武器的威力,事后证明对白人有利。

　　突然,一阵强风刮起,"圣多明尼各号"趁机逃逸,追击的船只则轮番上阵,展开新的攻击。

　　白人把攻击的火力对准挤满了黑人的船尾。不过,杀伤黑人不是进攻的主要目的。夺回船只,活捉他们,才是意图所在。为了活捉黑人,他们必须强行登船。现在它跑得这样快,眼看就追不上了。

　　大副急中生智。他看见西班牙小孩仍然攀在高高的桅杆上。他就大声叫他们溜下来一点砍断船帆。这些小孩依计而行。就在此时——原因后面交代——两个穿着船员服装、非常显眼的西班牙人倒在船上;他们不是被误杀,而是枪手有意的点射。同样的原因后面再交代,在新一轮炮火的全面猛攻中,阿图法尔和掌舵的西班牙船员也中弹身亡。现在,船帆已断,群龙无首,"圣多明尼各号"完全失去了控制。

　　带着嘎吱作响的桅杆,这艘船只在风中剧烈地飘摇打转;慢慢地,船掉过头,月光从船尾照过来,把船头的那具骷髅照得闪闪发亮,在海面上投射出一道巨大的阴影,像幽灵伸长的手臂,召唤着白人为他复仇。

"追随你的领袖!"随着大副一声大吼,白人立即兵分两路,从船头左右抢攻。刹那间,捕鲸的叉子和短弯刀迎着斧头和绞盘棒,你来我往。女黑奴则挤在中舱位置,齐声哀歌。她们的歌声中也充满了兵器的杀伐之音。

白人的进攻一度受挫。黑人负隅顽抗,打退了他们的攻势。步步后退的白人,找不到落脚点,像骑兵一样,一只脚跨过船舷,另一只脚还悬在空中,急得挥动短刀乱舞,仿佛赶大车的人挥舞着手中的鞭子。在紧要关头,他们齐心努力,众志成城,跳上甲板。然而,由于对方人多势众,他们立刻陷入孤军奋战的境地。就在这千钧一发之际,突然传来一声沉闷的响声,就如水下的剑鱼突然朝一群墨鱼闪电攻击,船上剩余的西班牙白人船员也联合起来加入了战团。白人的士气顿时大增,个个都像浮出了水面,势不可挡地把黑人逼向船尾。由于中间有木桶和麻袋构筑成的路障,并且横亘着主桅,面面相觑的黑人虽然不甘心休战投降,但还是希望能够借此稍事休息。然而,没有等他们喘过气来,白人一鼓作气越过屏障。筋疲力尽的黑人只有困兽犹斗,猩红的舌头从黑色的嘴唇里伸出来,像狼一样喘息。进攻的白人则紧咬牙关。五分钟过后,叛乱平息。

在这次战斗中,近二十个黑人被杀。有的伤者中了炮火,血肉模糊;大多数是长枪和叉子所伤。白人这边无人死亡,但有几个受伤,有些伤得不轻,其中包括大副。活捉的黑人临时看押起来。半夜时分,"圣多明尼各号"才进港靠岸。

后来发生的许多事情在此略而不提。需要提及的是,经过两天时间改装,"圣多明尼各号"和"快乐的单身汉号"结伴而行,途经智利的康塞普西翁,前往秘鲁的利马。在利马,等到整个叛乱事件都调查清楚之后,总督才批准开庭。

在前往利马的途中,命运多舛的切雷诺获得了自由,健康有所好转。然而,也许是在应验他的预感,在即将抵达利马的时候,他病情复发,身体非常衰弱,只有由人架着上岸。听到他的不幸遭遇,利马一家修道会出于善心,接待他去疗养,医生和牧师都来为他护理,一些会友自愿前来做特别看护,日夜轮流安慰他。

以下节录文字译自一份西班牙语官方文件,但愿有助于廓清前面叙述中的疑点,当然,首先是解释清楚"圣多明尼各号"真正的出发港口,然后是解释清最终抵达圣玛丽亚岛之前的遭遇。

在援引节录文字之前,有必要交代点背景。

从众多官方文件中部分选译的这份材料包含了本案第一证人切雷诺的证词。证词中披露的有些细节,由于人为的因素和自然的原因,庭审时受到质疑。法庭倾向于认为,由于证人遭逢新故,心智难免不受影响,可能编造了些子虚乌有的说法。但其他劫后余生的船员后来的证词,在最离奇的几个细节上,印证了切雷诺的说法,从而为他全部的证言增加了可信度。所有这些证词,假如缺乏证实,理当不予采信。不过,法庭最终还是采信了这些证词,并据此做出了终审裁定。

本人荷西,皇室税务大臣兼本省户籍署长,现按法律规定,特此证明并严正申明,在一七九九年九月二十四日开庭审理"圣多明尼各号"黑人叛乱的罪案中,本人庭上亲耳聆听到以下证词:

第一证人贝尼托·切雷诺证词

同年同月同日,精通行政管理法的皇室内阁大臣、尊敬的胡安·马丁内斯·罗萨斯博士阁下,传令"圣多明尼各号"切雷诺船长出庭。切雷诺躺卧在担架上,由因菲勒兹修士陪同。他首先以上帝的名义起誓,念了一声"吾主",在胸前画了一个十字,发誓如实回答他知道的一切和被问及的一切。庭审开始,主审法官质询事件的过程。切雷诺说,今年五月二十日,"圣多明尼各号"从瓦尔帕莱索港起航,前往卡亚。船上载有土特产,三十箱五金商品,一百六十个男女黑奴,大多是门多萨绅士亚历山大·阿兰达的货物。船上船员有三十六人,其他的是乘客。部分黑奴是⋯⋯

原文此处罗列了五十多个黑奴的名单,包括姓名、年龄等内容。这个名单是根据阿兰达某些重新找到的文件遗物和证人切雷诺的回忆编辑而成。以下仅节选部分。

荷西,十八九岁,阿兰达侍从,精通西班牙语,已经服侍主人四五年⋯⋯弗朗西斯科,穆拉托人,客舱服务生,长相英俊,声音动听,土生土长的布宜诺斯艾利斯人,年约三十五岁,以前在瓦尔帕莱索教堂唱灵歌⋯⋯达哥,机灵的黑人,四十六岁,以前在西班牙人聚居区盗墓多年⋯⋯四个老黑人,出身非洲,六七十岁,身体硬朗,填絮为生,他们分别是:穆里(他和儿子迪亚梅罗一起被杀);纳卡塔;约拿(同样被杀);戈方⋯⋯六个阿散蒂蛮子,年龄在三十到四十五岁之间,他们分别是:马廷丘、伊阿乌、勒茨贝、马朋达、牙拜奥、阿基姆,其中四人被杀⋯⋯身高力壮的黑人阿图法尔,据说是非洲的一个酋长,他依靠自己的力量幸存下来⋯⋯瘦小的塞内加尔黑人,在西班牙人中混了几年,三十来岁,名叫贝波⋯⋯其他人的名字他不太能记得,是以期望能够发现阿兰达失散的文件,到时候可以完整地整理后送交法庭⋯⋯其中妇女儿童有三十九个。

名单后面是切雷诺的证词。

......黑人全都睡在甲板,按照本次航行惯例,不戴脚镣手铐,因为他们的主人,他的朋友阿兰达,说他们都很温顺......出发后第七天,凌晨三点,除了两名值夜班船员(水手长胡安·罗伯斯和船上木工胡安·巴蒂斯塔·加伊特)、舵手和他的男孩,其他的西班牙人都正在熟睡,黑人突然叛乱,首先重伤水手长和木工,接着杀死睡在甲板上的十八个西班牙人,有些是用绞盘棒和轻便小斧打杀,有些是捆绑起来活活抛进大海;甲板上的西班牙人,他们留了七个活口捆绑起来,他认为,是为了指挥航向;还有三四个西班牙人躲了起来才幸存下来。叛乱中,尽管黑人控制了舱口和舷梯,但还是有六七个伤者从舱口进入舵手座舱,一路畅通无阻;只有大副和另一个他记不起名字的人,在企图穿过舱口之时,被迅猛击伤,不得不退回到客舱。舱室升降口由贝波把守;贝波是这次叛乱的主脑,阿图法尔是主要帮凶。证人决定天亮后上去谈判,请求他们停止暴行。他问他们想要什么,意欲何为,并且主动提议愿意听他们差遣,尽管如此,他们仍然当着他的面捆绑了三个活人抛进大海。他们叫证人出舱,说不要他的命,证人照他们的话出来后,贝波问他,在那片海域附近,他能否送他们到任何黑人国家,他回答说不行;然后,贝波命令他送他们到塞内加尔或塞内加尔附近的圣尼古拉斯岛。证人说,这不可能,因为距离太远,需要绕过合恩角,船的状况也不好,补给不足,缺船帆,缺水,但贝波说,无论如何要送他们去,至于证人提到的吃喝问题,他们会尽量配合和满足。他威胁,如果不能想办法把他们送往塞内加尔,他就杀了船上所有的白人,迫于无奈,完全是为了取悦他们,经过漫长的谈判,证人告诉他们,航行中最需要的是水,他们应该先靠岸补水,然后才继续航行。贝波同意了他的意见。证人就带领船只朝中途港驾驶,希望碰到西班牙或他国的船只,伺机求救。经过了十到十一天航行,他们终于在纳斯卡的附近看见了陆地。证人注意到,船上的黑人现在变得更加焦躁不安,脾气火暴,因为他还没有为船成功补水。贝波已经放话威胁,无论如何第二天之前必须找到水。他告诉贝波,他清楚地看见海岸边悬崖峭壁,地图上标示出的河流没有找到,总之见机寻求借口开脱,他说,最好是前往危地马拉西南部的圣玛丽亚岛,那里荒无人烟,像其他外国船只那样,容易找到水源。证人不去附近的皮斯科港,也不去沿岸的其他港口,因为贝波多次暗示他,只要隐约看到他把他们带向任何港口、城镇或居民区,他就叫船上所有白人的人头落地。决定前往圣玛丽亚岛,证人自有打算,是想碰运气,在航程中或在该岛附近,看看能否找到其他对他们友好的船只,提供帮助,或者找机会弄条小船,逃往附近的阿劳干海岸。打着寻找船上必需品水的幌子,他立即改变航线,朝圣玛丽亚岛驶去。贝波和阿图法尔天天商议,回塞内加尔一路上需要什么,是否要杀掉所有的西班牙人,尤其是否要杀证人。离开纳斯卡海岸八天之后,天刚亮,贝波在与阿图法尔商量后,朝他们派人密切监视的证人走来,告诉他,已经决定要处死他们的主人阿兰达,一是因为他和同伴不杀死主人就不会相信他们的自由,二是为了杀鸡儆猴,保证船上的船员听话,警告他们不要乱动,处死阿兰达,能起到最大的震慑效果,但是,这刚刚做出的决定,杀死阿兰达,究竟意味着什么,证人在那时候不明白,也不可能明白。在派人去杀阿兰达之前,贝波建议证人,将正睡在客舱的大副兰德斯叫走,照证人的理解,是担心这个不可多得的领航员成为阿兰达等人的陪葬品。证人自成年之后就与阿兰达相交莫逆，虽然万般祈祷求情，但全都无济于事，贝波告诉他，这件事情不可能收手，如果在这等事情上违背他的意志，所有的西班牙人都只有死路一条。眼见改变不了贝波的意志，证人只好叫大副兰德斯单独走开。大副前脚刚走，贝波就立即吩咐马廷丘和勒茨贝前去谋杀。这两个阿散蒂人拿着斧头来到阿兰达的房舱，先把阿兰达砍得半死，血肉模糊，然后拖到甲板上，准备抛入大海，但贝波示意他们，当他的面在甲板上将阿兰达砍死，事后，按照他的命令，将尸体拖回船舱下面。直到三天后，证人才明白过来为什么要这么做……阿隆佐·西多尼亚，一个老人，此前长期居住在瓦尔帕莱索，新近获任秘鲁的民政官，他也正好乘船赴任，睡的舱位恰好在阿兰达的对面，听见阿兰达的惨叫，惊醒过来，正好看见两个阿散蒂人手里拿着血淋淋的斧头，他吓得赶忙翻窗跳海，结果活活淹死，对此，证人无能为力，难施援手……杀了阿兰达后不久，他们把另一些人也带到甲板上，包括阿兰达的嫡亲老表、来自门多萨的中年汉子弗朗西斯科·玛沙，年轻的阿兰波拉萨侯爵乔奎恩（前不久才带着他的西班牙仆人庞塞离开西班牙），以及阿兰达那三个来自加的斯省的年轻秘书（荷西·墨莱伊力、洛伦佐·巴尔加斯、赫蒙吉尔多·甘地克斯）。乔奎恩、甘地克斯和贝波，保住了性命，原因后面再说。玛沙、墨莱伊力、巴尔加斯、仆人庞塞、水手长罗伯斯、两名副手玛纽尔·维斯卡亚和罗德里格·赫尔塔，以及另外四名船员，贝波下令，将他们活活扔进大海，这些人除了向上帝祈祷之外，没有做任何抵抗，也没有跪地求饶。水手长罗伯斯水性好，在水上停留的时间最长，在他最终要沉没那一刻，他做出悔罪的姿势，委托证人做弥撒，在救苦救难的仁慈女神面前为他的灵魂祈祷……在接下来的三天中,证人不清楚,阿兰达的遗体下落究竟如何,于是经常向贝波打听,如果仍在船上,是否需要保存到靠岸后安葬,并请求他下令务必妥善处理。对此,贝波没有任何表示,直到第四天,日出之时,证人来到甲板上,贝波给他看了一具骷髅。这具骷髅已经取代了船头新大陆发现者哥伦布的头像。贝波问他,这是谁的骷髅,从这骷髅的白骨,他是否会想到是个白人的骷髅。在揭开骷髅头那一刻,贝波走近他,说了几句话,大意是:"从这里到塞内加尔,老实听命于黑人,否则,你的灵魂,你的身体,都会追随你的领袖。"他边说边指向船头……就在那天早上,贝波带着船上剩下的西班牙人逐一走到船头,问那是谁的骷髅,是否从骷髅的白骨认得出是个白人的骷髅。每个西班牙人都蒙上眼睛不敢再看。然后,贝波重复了上面最先对证人说的那几句话……此后,他们(西班牙人)被赶到船尾,贝波对他们连篇累牍地训话,说他现在已经安排好了一切。证人(为船上黑人导航)可以选择他的航线,只是受到警告,如果他看见他们(西班牙人)讲他们(黑人)的坏话,或者图谋不轨,他和手下的船员,无论身心都将步阿兰达的后尘,这样的恐吓每天都要重复。此前,他们就把船上的伙夫捆绑起来过,准备扔进大海,因为他们听见他说了什么,证人虽然不知道伙夫说了些什么,但还是苦苦为他求饶,最终贝波饶了他一命。几天后,证人为了竭尽所能营救船上剩余白人的性命,于是心平气和地与叛乱的黑人商量,同意起草双边协议,一方由本人和识字的船员签字,一方由代表全体黑人的贝波签字,协议规定,证人有义务将船上黑人送到塞内加尔,条件是黑人不要再杀任何白人,同时正式将船和货物移交给黑人。至此,叛乱的黑人才暂时满足,不再骚动……但是,第二天,为了防船员逃逸,贝波下令,将船载的所有小艇全部销毁,只保留已经不适合航海的那条大艇和另一条状况不错的独桅纵帆船。贝波知道,需要这条帆船来拖水箱,不过,他已经收起蓬帆,藏匿起来……

接下来是冗长复杂的航海过程,其中有几个特别值得注意的细节,包括无风期间船上发生的灾难性事件,从中节录一段,以资为证:

> 就在无风的第五天,甲板上的人都在受罪,天热,缺水,有五个人虚脱而死,叛乱的黑人更加狂躁,几近疯狂,哪怕是随便做个无害的手势,都会引起他们怀疑。大副兰德斯在操作舵柄的时候,对证人做了个手势,他们就把他杀了。为此,他们很后悔,因为大副是船上除证人之外唯一可用的领航员。
> ……
> 这中间忽略的事件,其实每天都发生,如果补充出来,除了勾起痛苦的回忆和残酷的冲突之外,别无一用。转眼间,从离开纳斯卡海岸算起,他们又航行了七十三天。在此期间,依靠少量的水支撑,受尽了前面提及的无风的折磨,他们最终在八月十七日下午六时左右抵达了圣玛丽亚岛,停泊在由慷慨大度的德拉诺率领的美国船只"快乐的单身汉号"附近。但是在早上六点,他们已经望见了这个港口,只是当看见港口中停泊着船只的时候,叛乱的黑人开始变得焦躁不安。他们没有料到港口中会有船。贝波安慰叛乱的黑人,向他们保证不用害怕。接下来,他下令将船头的人像用帆布遮起来,装出修船的假象,并要求甲板上的人遵守秩序。贝波和阿图法尔商量了一会儿。阿图法尔主张避开远走,但贝波反对,并说他已有打算,最后他走向证人,安排他该如何说,如何做,这些事情证人已经在美国船长面前依样画葫芦地做了……贝波警告他,如果他有

一丝走样,说了任何话,给了任何眼神,走漏船上一丁点风声,引起对方的怀疑,他就立刻人头落地,手下的白人也不例外。贝波说时晃了晃藏在身上的匕首,让证人明白,这匕首会像他的眼睛一样警觉。贝波随后向其他叛乱的黑人宣布了他的计划,这让他们非常高兴。为了以假乱真,他设计了许多陷阱,真假难辨。其中之一是利用前面提到过名字的六个阿散蒂人,成为他的打手。他把他们布置在尾楼和甲板的结合部,装成在磨斧(一箱箱的轻便斧,是船上货物的一部分),实际上是等一声令下,借机就将斧头分配给叛乱的黑人。其他一些陷阱,比如定时向证人报到的阿图法尔,是贝波的得力助手,表面上戴着脚链手铐,其实眨眼间就能行动自如。在每一特定的时刻,他都要告诉证人,他需要扮演的是哪一幕陷阱的哪部分角色,在什么时候讲什么故事,并且时刻威胁他,如果有一丝走样,就会血溅当场。意识到许多黑人将要乱动,不服管教,贝波指派了四个年老的黑人,维持甲板上的秩序。他一再对船上的西班牙人和叛乱的手下训导,告诉他们意图为何,陷阱在哪里,证人要讲的谎言故事是什么,反复强调他们要统一口径。他做好这些安排,只用了两三个时辰就排练完好,而这正是在他们看见美国船只和德拉诺登上他们船只之间。大约早上七点半,德拉诺上船之时,船上的安排已经就绪,热烈地迎接他。证人由于身不由己,只有竭力配合,扮演船主和行动自由的船长。当被问及的时候,告诉德拉诺,他从布宜诺斯艾利斯出发,带着三百个黑人前往利马,刚过合恩角,然后流行热病,许多黑人死亡,随后种种灾难变故,船客和船员也死伤殆尽。

……

这份证词详尽地重述了贝波是如何授意证人讲给德拉诺的

故事,重述了德拉诺的友好帮助和提议等等,这部分在此不再赘述。接下来的证言是:

> 直到晚上六点,船才停进港。此前,慷慨大方的德拉诺整天都在这艘叛乱的船上。根据先前的安排,证人对他讲的全是排练好的灾难故事,不能主动添加只言片语,没有给他任何暗示,让他知道船上一点实情,因为贝波扮演勤勉的仆人角色,装成温顺谦卑的样子,寸步不离,如影随形,他又懂西班牙语,可以监视证人的言行,此外,附近还有人在不停地监视,同样明白西班牙语……只有一次,当证人站在甲板上与德拉诺谈话,贝波偷偷示意证人到一边儿,看起来似乎是证人主动到一边儿去的。然后,当他走到一边儿,贝波告诉他,从德拉诺那里套出美国船上的详情,船员多少人,武器装备如何。证人不解地问了一声,"做什么?"贝波说他自有打算。想到可能将宽宏大量的德拉诺也拉下水,证人不禁悲从中来,第一反应是拒绝问这些问题,并且力劝贝波放弃他要的新诡计,贝波没有说话,只是露了露藏在身上的匕首尖。在打听到美国船上的详情之后,贝波再次将他拉到一边儿,对他说,到了晚上,他(证人)就不再是一条船的船长,而是两条船的船长了,他要趁美国船上大多数船员晚上外出捕鱼之机,派六个阿散蒂人乘虚而入,偷袭得手。这时候,他还说了其他事,目的都只有这一个。无论证人如何苦苦恳求,都无济于事。在德拉诺上这条叛乱船只之前,他从来没有暗示过要打美国船的主意。要阻挡这个计划,证人实在无能为力……在有些事情上,他的记忆比较混乱,不能清晰回忆……那天晚上六点,如前所述,船只进港,美国船长下了船,准备回他自己的船上,突然出于冲动,证人相信是上帝和天使给了他这样的冲动,他在说了再见之后,假装送行,继续跟着德拉诺,一直走到船边才停下,看着

德拉诺在他的小艇上坐定,就在猛力启动的那一瞬间,证人纵身一跃,从他那条船上跳下,他不知道自己是怎样做到的,也许是上帝在保佑……

证词原文记录了叛乱船只"圣多明尼各号"潜逃中发生的事情,怎样重新夺回,如何拉回海岸,同时记载了许多对"慷慨大方的德拉诺""感激不尽"之辞。证词接着简要交待了一些其他事情,其中有部分列举了不同的黑人在叛乱过程中充当的角色,根据法庭的命令,目的在于充实证据,以作为刑事判决的依据。兹节录其中一段:

> 证人相信,其他黑人最初并不知道叛乱的阴谋,但发动叛乱之后,都心甘情愿地支持……黑人荷西,十八岁,阿兰达的贴身仆人,正是他在叛乱前将客舱中的一切透露给贝波。之所以知道是他干的,是因为他睡在主人的下铺,叛乱前的几个晚上,他常常溜出客舱,来到主谋及其帮凶所在的甲板和贝波秘密交谈,大副好几次都看见。一天晚上,大副还赶了他两次……如果说勒茨贝和马廷丘是在得到贝波的授令之后才把阿兰达砍得半死,拖到甲板上,那么,正是这个黑人荷西,没有得到任何指令,就急忙用刀捅死了他的主人……穆拉托人、客舱服务生弗朗西斯科是第一群暴徒成员。他一直是贝波的帮凶和工具,为了献殷勤,他在客舱招待德拉诺就餐之前向贝波建议,在饭菜里下毒害死宽宏大量的德拉诺。这事明白无误,因为黑人都这样说,但贝波另有打算,阻止了弗朗西斯科这样干……勒茨贝是最凶狠的阿散蒂人,在船被重新夺回那一天,他奋力反抗,手持双斧,一只斧头砍伤了第一个强攻上船的美国船上大副的胸膛,这也是大家有目共睹的。就证人亲见,勒茨贝袭击过玛沙,当时,他

接到贝波的指令,抓起玛沙活生生地抛进大海。此外,前面提到过,他还参与了谋杀阿兰达及其他客舱中乘客。尽管争夺战非常惨烈,但勒茨贝和伊阿乌还是幸存下来。伊阿乌跟勒茨贝一样坏,就是伊阿乌这个人,听从贝波的指令,主动剥了阿兰达的皮肉,只留个骷髅,这是黑人后来才透露给证人的。但证人只要还有一丝理智,是绝对不会到处声张的。伊阿乌和勒茨贝,正是这两个人,在无风的晚上,将阿兰达的骷髅订到船头,这也是黑人告诉证人的。贝波自始至终都是主谋,是他每次下令杀人,他是叛乱的发动机和推进器。阿图法尔是他的得力臂膀,但阿图法尔没有亲自动手杀人,贝波也没有……阿图法尔中了枪,死于登船强攻的混战……那些上了年纪的女黑人,知悉叛乱的阴谋,杀死主人阿兰达,她们并无任何怨言。如果不是男黑人阻止,她们会把贝波下令杀害的那些西班牙人慢慢折磨死,而不是简单杀死了事。这些女黑人极力撺掇贝波杀了证人,毁灭证据。在历次杀人中,她们又唱又跳,不是欢快,而是庄严。在强攻登船之前,以及在此期间,她们歌声忧伤,为黑人助威,这些忧伤的歌声,比任何其他的曲调,都更能激发战斗的激情,她们的目的也正在此,这也是众所公认的,因为男黑人也是这样说的……三十六个船员,不包括证人认识的船客(这部分已经全部遇难),只有六个人活下来,另外还有四个小孩活下来,他们在船上做服务生,不算船员……其中有个在客舱服务的小孩,被黑人拿斧头砍断了一只手,多次昏迷。

证词中透露了一些零散的细节,涉及不同的场合,兹节录部分如下:

> 德拉诺上船之后,白人船员也做过多次努力,甚至阿兰

达的三秘甘地克也利用一次机会,试图向他暗示真相,但这些都没有用,一方面是因为担心血溅当场,更重要的原因是,陷阱真假难辨,加之德拉诺生性大度虔诚,不会朝坏的方面想……年约六旬的船员路易斯·加尔哥,从前在西班牙皇家舰队服过役,也试图向德拉诺预警,尽管他的意图没有被发现,但还是引起了怀疑,他只有找了个借口走开,藏了起来,不过最后还是被找到,没能幸免。这是事后那些黑人说的……看见德拉诺到来,有个做服务生的小孩觉得有了一些救命的希望,由于不够谨慎,随意说了一句心愿,恰好落到一起吃东西的黑人小孩耳中,头上立马挨了一刀,伤得不轻,幸好,伤口现在已经痊愈。同样,在船只即将进港时,正好掌舵的一个船员,也是由于看到了救命的希望,难免高兴太早,没有逃脱旁边监视的黑人的注意,差点引火烧身,幸亏他见风使舵得快,立时表现得谨小慎微,终于死里逃生……这些证词是要让法官明白,暴动的整个过程中,证人及手下由于情非得已,别无选择……甘地克,以前曾经与船员一起混过,也养成了船员的习惯,各方面都像是个船员,他被德拉诺手下的滑膛枪弹误杀。他看见他们即将强行登船,慌乱之下,爬上主桅索具,对德拉诺的人大喊,"不要上来",其实是担心他们上来之后,黑人就会把他杀掉,谁知美国船员误以为他是黑人一伙,对着他开了两枪,他从索具上摔下来,受了重伤,溺死在海中……那个年轻人乔奎恩,阿兰波拉萨侯爵,像三秘甘地克一样,被打入船员舱,样子跟普通船员差不多。曾经有一刻,他畏缩了,贝波就吩咐阿散蒂人勒茨贝拿出焦油,加热后浇在他手上……他也是美国人误杀的,不过这次难免,因为美国船员登船的时候,他被黑人当成人肉盾牌,手上绑了一把斧头,朝外高举,推向船舷。美国人看见他手持兵器,以为他是叛变的船员,所以毫不犹豫给了他一枪……在他的身上发现藏了一颗珠宝，从找到的文件显示，他是事前准备封存好的，一旦顺利抵达利马，就敬奉给利马的仁慈女神，用来还愿，感激保佑他从西班牙平安过海到达目的地……这颗珠宝，以及其他遗物，都由司铎医院监管，敬候尊敬的法庭处置……证人当时的昏迷状况，加之这些美国人是仓促出发进攻，所以没有给他们足够的预警，在那些看起来是船员之人中，有一个是乘客，还有一个是秘书，贝波将他伪装成人肉……除了在战斗中被消灭的黑人。那天晚上，船靠岸后，还杀掉了几个带着镣铐羁押在甲板上的黑人。这是船员干的，本来是可以避免的。德拉诺接到消息后，立刻明令禁止，甚至亲自出手打倒马丁内斯·戈拉，当时，戈拉在其中一个戴着镣铐的黑人曾经穿过、如今穿在他身上的旧夹克的衣袋中找到一片刮胡刀片，正对着这个黑人的喉咙准备下手。高贵的德拉诺还从巴尔特霍洛姆·巴洛手中夺下一把匕首，这把凶器在屠杀船上的白人之后偷偷地藏匿起来，现在落在了巴洛手中，他正拿着它准备刺杀另一个黑人，就在白天，这个黑人和一个同伴曾经将他打倒在甲板上，骑在他身上殴打……由于事情的经过时间很长，期间，船又操纵在贝波之手，因此，证人无法详告。不过，在此所述，实乃证人当场亲历之最基本事实，他已发誓所言无虚。本证词经证人听读之后，同意授权。

　　证人说，他二十九岁，身心破碎，庭审完毕后，他将不回智利的家中，请求把他送到阿恭尼亚山后的教堂，最后，他郑重签名，在自己胸口画了个十字。现在，正如他来时一样，躺在担架上，由因菲勒兹修士陪同，离开法庭回到司铎医院。

贝尼托·切雷诺（签名）
代言人：罗萨斯博士（签名）

如果说,这份证词是能够开启先前各种迷局的钥匙,那么,"圣多明尼各号"船上的故事,就像一个曾经关闭的洞穴,已经完全敞开。

至此,除了故事开头错综复杂的叙事是不可避免之外,这个故事本身多少也要求许多细节不能按照时间先后记录,而要依靠倒叙或随机插补。下文就是补充的内容,就当是故事的结尾。

在前往利马这段漫长而温和的航程中,前面暗示过,切雷诺的病体一度有点儿好转,至少稍许获得安宁。在病情致命复发之前,德拉诺与他有过多次交心。切雷诺像兄弟一样毫无保留,跟先前的沉默保守大相径庭。

谈话中,德拉诺一再感叹,切雷诺要扮演贝波强加给他的角色,是多么不容易!

"我亲爱的朋友,"切雷诺曾经说,"在千钧一发之际,你认为我阴郁、孤僻、忘恩负义,不是那样的,你现在知道,当你认为我要谋害你的时候,在那紧要关头,我是多么寒心,我不敢看你。我一心想,在我们的船上,在你这个恩主的头上,究竟是怎样的命运操纵在他人的手中。上帝有灵啊,朋友。我不知道,如果我只顾及自身的安危,如果我不去这样想——我最好的朋友蒙在鼓里回到船上,他和船员在晚上熟睡之际就遭暗算,再也不会醒来——我会不会鬼使神差地跳到你的小艇上。想想吧,要是这船上,你脚下每一步都布满陷阱,你会怎么在甲板上走动,你会怎么在客舱中坐卧。如果我露出丁点马脚,主动向你透露一丝风声,你我一定当场暴毙。"

"没错,没错,"德拉诺惊叹道,"切雷诺,与其说是我救了你命,不如说是你救了我命。我还没醒悟过来,你已救了我的命。"

"不,朋友,"切雷诺极度虔诚地反驳道,"我的命是你救的,你的命是上帝保佑的。想想你做的那些事情吧,微笑寒暄,当机立断。就因为没有你这样放松,大副兰德斯才死于非命。你是上帝的宠儿,在危机四伏的圈套中举止得体,安然无恙。"

"是啊,全都是天意,我知道,那天早上,我的脾性远比平时温和,看到那么多灾难,简直难以置信,所以才善心大发,悲天悯人,慷慨相助,把这三者愉快地结合在一起。否则,如果不是那样,无疑正如你暗示,我的某些推断最终会带来非常不幸的结局。此外,我的善心、悲悯和慷慨使我能够战胜瞬间的怀疑。要是我自作聪明,不但救不了人,可能连自己的命也会搭上。直到最后我怀疑有阴谋的时候,你知道我错得多么离谱。"

"是的,大错特错,"切雷诺伤感地说,"你和我整天在一起,站在一起,坐在一起,谈话在一起,四目交接,一起吃喝,但是,你最后出手时,却将世界上最可怜无辜的人当成恶魔。也许,某种程度上是邪恶蒙骗了心灵。迄今为止,也许,最优秀的人在情况不明之下对他人的行为也会产生误判。不过,话说回来,你不是主动犯错,更何况你立刻醒悟。其实,无论是主动,还是被动,犯错人人难免,没有例外。"

"你太绝对了,切雷诺,你也太悲观了。过去的就让它过去吧,何须上纲上线?忘了吧。你看,明媚的太阳已经忘记了一切。你看,蔚蓝的大海,湛蓝的天空。一切都翻开了新的一页。"

"它们没有记忆,"切雷诺沮丧地说,"因为它们不是人类。"

"但这些温和的信风,现在轻拂你的面颊,它们难道不像人类一样带给你慰藉,抚平你的创伤?信风就是温暖的朋友、永远的朋友。"

"你说得对,它们永远在吹,但却把我吹进坟墓",切雷诺的话里充满不详之音。

"你得救了啊,"德拉诺更加吃惊,心痛,"你得救了啊,切雷诺;你还怕什么?"

"黑人。"

切雷诺默默地坐在那里,无意识地缓缓拿起他的披风,盖在身上,就像披上一件灵衣。

那天谈话就此结束。

如果说忧伤的西班牙船长最终对以上话题保持沉默,那么,还有其他话题他根本就不愿触及。那些话题深埋在他惯常的沉默之下。我们暂且忽略最伤心的事情,只举一两例。比如,那天他穿的合身的昂贵衣服,并不是他的主动选择。再如,那把看上去象征着无上权威的镶银宝剑,实际上是赝品。人为加固的剑鞘只是个幌子,里面空无一物。

贝波策划了阴谋,领导了叛乱,不是凭借体力,而是运用智力。与他强大的智力鲜明对照的是他矮小的身躯。他跳上小艇后,面对身强力壮的德拉诺,立即束手就擒。眼看功亏一篑,他也立即噤声,无论怎么威逼都不吭气。他的态度似乎表明,事已至此,夫复何言。他也戴上铁链手铐,被押送到利马。此后,切雷诺再也没有与他照面。法庭上,切雷诺拒绝正视对方。法官执意要求时,他晕了过去。最终,贝波的身份只有依靠其他船员的证词。

几个月后,贝波由骡车拖向了绞刑架,在沉默中死去。他的身子烧成了灰烬。但他的头颅,那个充满奥秘的蜂巢,接连多日挂在利马广场的一根竹竿上,毫无惧色地迎接着白人的观瞻。他的目光,再穿过利马广场,看向圣巴塞缪斯教堂,再穿过利马大桥,看向教堂后面的阿恭尼亚山。阿兰达复得的遗骨就长眠在教堂的地下室中。离开法庭三个月后,切雷诺也躺在棺木中,追随他的领袖而去。

《切雷诺》与领袖的素养[1]

朱科特(Catherine H. Zuckert)

在小说《切雷诺》中,梅尔维尔对比了三个角色所代表的领导权。这三个角色分别是:设法帮助西班牙遇险船只的北美船长德拉诺(Amasa Delano);西班牙运奴船"圣多明尼各号"(San Dominick)船长切雷诺(Benito Cereno);"圣多明尼各号"上煽动叛乱并成功篡夺了指挥权的黑奴首脑贝波(Babo)。德拉诺和切雷诺这两个白人占据了合法的领导位置,黑人贝波在利马被法庭指控为暴徒,最终由骡车拖向绞刑架斩首。但在这三个角色中,梅尔维尔暗示,贝波最为聪明、最有智慧、最竭诚为自己人谋福利。通过三个领袖人物的不同命运,梅尔维尔生动地再现了制约人们认清政治统治所需要的自然权利或自然基础的因素。

一、故事来源和背景

梅尔维尔的《切雷诺》明显改编自美国捕海豹船"坚毅号"

---

[1] [译按]译自 *Interpretation*,1999年冬季号,卷26,第2期。标题原名为"*Leadership – Natural and Conventional – in Melville's 'Benito Cereno'*"。为与本书体例一致,注释重新编排后有改动。

(Perseverance)船长德拉诺1817年出版的《南北半球航海与旅行纪事》(下称《纪事》)。在《纪事》的第18章,德拉诺重述了在圣玛丽亚岛(St. Marie)附近遭逢西班牙船只"特莱奥号"(Tryal)的经历。当时,他看见这艘西班牙船只遇险,于是坐上小艇,带着一队人马前往营救。"他刚踏上西班牙船只甲板,"德拉诺写道,"船长、大副、船客和黑奴就把他围住……倾诉苦难","他禁不住……对他们……心生怜悯。他们告诉他,船上饮水告罄"。德拉诺立即派他的小艇回港取水,水送来后,他"主动提出分配方案,防止了他们遽然饮用过量伤身……"德拉诺注意到,他们视他"为恩人,他没有察觉出船上有诈,所以对他们十分宽宏大量。若非如此",他"无疑将成为牺牲品。他的脾气在那一天出奇的平和,这帮了他大忙"。[①]

德拉诺在《纪事》中写道,要不是同情船上之人的苦难,看到那么涣散的船纪,他一定会更强烈地抱怨;看到黑人在身边频繁地阻挠他与西班牙船长的私下交谈,他肯定会更激烈地抗议。直到西班牙船长跳进他即将离开的小艇,德拉诺才弄清"特莱奥号"上的真相:西班牙船只起航后的第六天,船上的七十个黑奴发动叛乱,杀死二十五个白人。黑奴们命令西班牙船长送他们到塞内加尔。西班牙船长指挥船只漂流在海上,直到饮水耗尽;他打算进圣玛丽亚港补水,同时希望找到出路,营救船上剩余白人的性命。

在《纪事》中,德拉诺对他在西班牙船上所受蒙骗轻描淡写,重点强调了他和手下如何冒险从垂死挣扎的黑奴手中夺回西班牙船只,以及西班牙船长后来如何忘恩负义,拒绝补偿他们应得

---

① Amasa Delano,《南北半球航海与旅行纪事》(*Narrative of Voyages and Travels, in the Northern and Southern Hemispheres*), New York,1970;第18章收录入William D. Richardson,《梅尔维尔的〈切雷诺〉》(*Melville's "Benito Cereno"*),Durham,1987,页95－122。

的报酬。不过,按照他的《纪事》,德拉诺的领导能力值得怀疑。他承认,他居然不知道,为返航而雇佣的船员许多以前都是罪犯。他们"桀骜不驯、背信弃义……只不过,"德拉诺说,"由于实施了严格的船纪,责罚分明,违则鞭刑侍候;表现良好……则不吝嘉奖",从而才成功地穿越了太平洋。然而,这次航行无利可图。"我们离家已经一年半,每个人还没有赚到二十美金……"抵达智利海岸后,德拉诺只好将他最得力的十五个助手留在圣安布罗斯岛(St. Ambrose)和圣菲尼克斯岛(St. Felix),"希望他们捕获到一些海豹",并约定在圣玛丽亚岛重新碰头。德拉诺率船先抵达圣玛丽亚岛。靠岸后,德拉诺发现,他在澳洲招募的船员中有三人已经逃跑,另有五人正准备驾驶小艇开溜。只要继续在此停泊,德拉诺就不敢离船一刻钟,因为担心其他船员趁此机会溜之大吉。他煽动人马冒死夺回西班牙船,许诺他们可得战利品的一半分红。但是,当西班牙船只安全进港之后,西班牙船长立马反悔。他贿赂德拉诺在澳洲招募的五个船员出庭作证,指控德拉诺船长是海盗。尽管利马总督法庭做出了对德拉诺有利的裁定,但德拉诺没有来得及向西班牙皇家法庭反诉,因为他的船员仍然散落在各岛上,自身难保,正指望他的帮助。往坏里说,德拉诺的《纪事》最终暗示,作为船长,他缺乏知人之明,这表现在,他对回程中招募的船员和曾经资助过的西班牙船长都产生了幻灭感。往好里说,他对手下人的控制,至多是暂时有效。他这趟买卖谈不上成功。

在小说《切雷诺》中,梅尔维尔笔下德拉诺船长的形象似乎更正面:作为船长他更能胜任,对于西班牙船长的痛苦和叛变黑奴的苦难更具同情心。事实上,通过一系列看似微不足道的改写,梅尔维尔完全转移了故事重心,将对一个平凡、仁慈、无畏的美国资本家的赞扬转向揭示奴隶反抗的意义。梅尔维尔这篇小说创作于十九世纪五十年代初,从而使奴隶叛变故事与他当时的读者有了更大的关联性。在那十年,美国面临的首要政治问题是,北方美国人应该怎样应付南方的奴隶主,处理奴隶叛乱这个潜在问题。①

在这篇小说创作之前的十几年间,有两桩广为人知的运奴船叛乱事件:1839 年的"阿米斯塔德号"(Amistad)事件和 1843 年的"克里奥耳号"(Creole)事件。梅尔维尔在改编德拉诺的《纪事》时从中汲取了一些素材。像"圣多明尼各号"一样,西班牙纵帆船"阿米斯塔德号"在 1839 年出现在长岛海岸附近时,最初被怀疑是海盗船。与"阿米斯塔德号"类似,梅尔维尔笔下的"圣多明尼各号"船底和船身结满藤壶和海草,暗示了船体破败,纪律松弛。②如同德拉诺船长的最初反应,新闻报道首先同情的是西班牙船主

---

① 由于这种原因,我认为 Allan Moore Emery 的观点——梅尔维尔将奴隶问题置于更普遍的反对美国扩张主义或"天命观"之中——是不正确的。《〈切雷诺〉与美国天命观》("*Benito Cereno" and Manifest Destiny*),载 Nineteenth Century Fiction 39,June 1984,页 46 – 48。这些问题之间的确有联系:南方人在 19 世纪 40 到 50 年代推动美国朝加勒比海、墨西哥和拉丁美洲扩张,一个原因就是,通过扩张南方蓄奴之地的范围,维护自由州与蓄奴州的平衡。这一政策的问题在于:英属西印度群岛在 1833 年就废除了奴隶制,法国和荷兰的殖民岛屿也在 1848 年废除了奴隶制。早在 19 世纪 20 年代,墨西哥、乌拉圭、智利、阿根廷和玻利维亚都以立法的方式废除了奴隶制;秘鲁和委内瑞拉在 19 世纪 50 年代也废除了奴隶制。因此,美国要想继续维持这个邪恶制度,势必日渐孤立。19 世纪 50 年代以著名的"大妥协"法案开端。但在 1852 年,斯托夫人出版了《汤姆叔叔的小屋》(*Uncle Tom's Cabin*),鼓动并推广了废奴运动。在 1857 年,美国联邦最高法院首席大法官 Taney 在 *Dred Scott* 案的裁定中表达了他的观点:无论是《独立宣言》中宣布的"生而平等"的"人",还是"认为这些真理都是不证自明"的"人民",都没有打算包含黑人。

② Herman Melville,《切雷诺》(*Benito Cereno*),载《梅尔维尔著作集》(*The Writings of Herman Melville*,Evanston,IL. ,1987),卷 9,页 49,下引同一文本只单独随文标注页码。

的苦难,丝毫没有表达对黑人命运的关心。他们称"非洲黑奴是'野人',称两个西班牙船主路易兹和门特斯为'绅士''圣徒'……西班牙人'真可怜',他们的性命时刻受到威胁"。①

事实上,1839年的"阿米斯塔德号"事件与1804年德拉诺船长发现的"特莱奥号"事件非常相似。在离开哈瓦拉不久,"阿米斯塔德号"上发生了叛乱,黑人杀死了船长和三个船员,命令船主门特斯带他们前往非洲。船上剩余的西班牙人依靠计谋才幸存下来。他们被迫在白天驾船东进,但在晚上偷偷改变航向,希望碰到别的船只。他们成功地在海上耗了两个月时间,一直与北美海岸若即若离。最终,他们靠岸为船补水。像德拉诺船长一样,海军上尉葛德尼(Gedney)率领"华盛顿号"军舰重新夺回了这条运奴船,希望得到奖赏或黑钱。《新伦敦小报》(*New London Gazette*)记者一开始就报道了葛德尼上尉等人希望得到相应回报的愿望。

然而,当公众得悉,这些非洲黑人是被强制为奴,违背了西班牙在1820年颁布的严禁进口非洲奴隶的法令,并且一个来自非洲的船员正好懂得被俘黑奴使用的语言,将他们如何被禁锢殴打的遭遇翻译出来,舆论的同情才转向反叛者。让美国政府吃惊的是,在来自弗吉尼亚州并且也蓄奴的总统泰莱(John Tyler)的支持下,联邦最高法院无罪释放了叛乱的黑人。亚当斯(John Quincy Adams)在为这些黑人辩护时说,依据"国际法",非洲黑人与美国殖民者一样,只有义务服从"自然法和自然神"。斯托里(Joseph Story)法官附和这个观点,"他们为了自由,采取了如此可怕的行径,我们也许会非常痛心,但从国际法的角度来看,他们不应该被

---

① Carolyn Karcher,《斯芬克斯之谜》(*The Riddle of the Sphinx: Melville's "Benito Cereno" and the Amistad Case*),载 Robert E. Burkholder 编,《〈切雷诺〉评论集》(*Critical Essays on Herman Melville's "Benito Cereno"*),New York,1992,页199–206。

视为海盗或强盗"。但是，斯托里谨慎地指出，非洲黑人的叛乱属于正义行为，前提条件只是发生在公海上。如果这事件发生在美国境内，那么，依据美国法律，其合法性将成问题。

美国内战前，美国北部的舆论绝非是支持废除奴隶制这么简单。同样不甚清楚的是，美国官方对奴隶叛乱的反应将会怎样、应该怎样。1843年，美国船只"克里奥尔号"上的黑奴在弗吉尼亚海岸附近发动叛乱，驾船逃往巴哈马的拿骚（Nassau），在那里他们被英国当局无罪释放。时任国务卿韦伯斯特（Daniel Webster）在哈瓦拉写的美国国情咨文中意识到英国有入侵古巴的计谋，扶植"一个英国政府卵翼下的黑人军事共和国"，将给"美国现存的奴隶制致命一击"，帮助英国掌控墨西哥湾。在十九世纪四十年代，美国"天命哲学"（manifest destiny）美梦至少部分上与蓄奴区向加勒比海和南美地区的潜在扩张是有联系。将这些新近发生的黑人叛乱事件与德拉诺的《纪事》结合起来，梅尔维尔拷问了新世界奴隶制的存废问题，并对居于故事核心的白人领导权给出了合适的回应。

梅尔维尔对德拉诺船长的《纪事》做的第一个看似微小的改动是事件发生的时间。把季节从冬天改成夏天，梅尔维尔将黑人攫取船只控制权的时间恰好与美国独立日重合。这是否意味着，北美殖民者用于反叛大英帝国的理由也适用于这些黑奴反抗西班牙奴隶主？他们不也"生而平等"，天赋人权？把事件的年份从1804年改成1799年，梅尔维尔更明确地将这艘西班牙船只上的叛乱与北美的政局相联系：1799年正处于美国联邦宪法允许奴隶贸易这二十年的中点。经此改变，梅尔维尔提醒读者，美国宪法从一开始地位就很暧昧，他还提醒读者，无论南方还是北方的美国人，都卷入了奴隶贸易，同时，美国宪法也普遍——如果不是假惺惺地——承认，奴隶贸易是邪恶的行径，因此应该终结。

1799年，奥维图尔（Toussaint l'Ouverture）将军在圣多明尼各

岛(Santo Domingo)也成功策动了一场黑奴叛乱,宣布成立海地共和国,从而有效地将美国革命和法国革命的理想推广给新世界的黑人。奥维图尔将军的继任者是德萨林斯(Dessalines)大元帅。后者效仿拿破仑,在1804年自封为皇帝,终结了民主革命,同时采取欺骗手段,许诺白人地主享有人身安全,结果将他们屠杀。梅尔维尔将西班牙船只"特莱奥号"重新命名为"圣多明尼各号",也是旨在提醒读者这一历史事件。此外,他还在西班牙船只的船头增添了一尊破浪神雕像,雕刻的是哥伦布。正是这位新大陆的发现者,接受了天主教本笃会修士圣巴塞缪斯(St. Bartholomew)的建议,最早将奴隶带到圣多明尼各岛上,并在此建立了奴隶制。(似乎是为了强调天主教与黑奴制的联系,在小说结尾,梅尔维尔让贝波的眼光穿过利马广场,看向圣巴塞缪斯大教堂,奴隶主阿兰达的尸骨正埋葬于教堂的地下室内)。在船尾,梅尔维尔的笔下多了一幅画,一个蒙面的森林神,脚踩在一个匍匐在地之人的脖子上,象征着哥伦布发现新大陆的时候,也将奴隶制带到了新大陆。

当"圣多明尼各号"上叛乱的黑奴用他们前主人的尸骨替代了哥伦布的雕像,并在下面书写"追随你的领袖"之时,其中隐含的问题不只关系到西班牙船员是否应该追随阿兰达拼命抵抗,而且关系到重新夺回这艘西班牙船只的美国船长是否应该追随哥伦布继续推行奴隶制。奴役他人,追求财富,为背叛新世界承诺的新帝国势力服务,德拉诺难道不是在效仿哥伦布?① 在十九世纪五十年代,美国南方的政客们正是以此鼓动

---

① 参《梅尔维尔〈切雷诺〉中的主人与人》(*Master and Man in Melville's "Benito Cereno"*),载 Joseph M. Knippenberg & Peter Augustine Lawler 编,《诗人、王子与公民》(*Poets, Princes, and Private Citizens*, Lanham, MD, 1996)。Diana J. Schaub 指出,德拉诺手下好斗的大副率先喊出"追随你的领袖",正是在他的指挥下,美国白人才重新夺回"圣多明尼各号",并再次奴役黑人。

美国总统。

梅尔维尔对德拉诺船长的《纪事》做出的最吃惊也是初看上去最奇怪的改动,是对西班牙船长的刻画。梅尔维尔不仅将西班牙船长的名字从伯尼托·色雷诺(Bonito Sereno,意为"神赐的宁静")改为贝尼托·切雷诺(Benito Cereno,意为"面色苍白的修士"),而且改变了他的角色和性格,将他从一个懦弱无能、忘恩负义的船长转变为一名殉道的圣徒。经此奇怪的反转,梅尔维尔将这个看似邪恶之徒的运奴船船长描写成了一个牺牲品,描写成了德拉诺船长(如果不是读者)的同情对象。要弄清这篇小说的意义,就得理解梅尔维尔这个众所周知反对奴隶制的小说家,为什么要将西班牙船长切雷诺不仅塑造成同情的对象,而且还要将之拿来作为小说标题。①

二、德拉诺

就投入的篇幅而言,小说的重心不在切雷诺,而在德拉诺船长对"圣多明尼各号"上局势的理解或误解。在德拉诺的叙事

---

① 关于人名,参 Richardson,页 81;关于人物形象的改变,参 Lewis Mumford,《梅尔维尔》(Herman Melville, New York, 1929),页 243。对观 H. Bruce Franklin,《独裁命令的表象》(Apparent Symbol of Despotic Command: Melville's "Benito Cereno"),载《新英格兰季刊》(New England Quarterly 34, November 1961),页 462-72,梅尔维尔将切雷诺与神圣罗马皇帝、西班牙国王查理五世相联系。查理五世王国的势力范围包括了新世界大部分,他鼓励使用宗教法庭,退位后,他死于一座教堂。在《克拉尔》(Clarel)第二部分第 36 章,梅尔维尔提到过一个主人,与切雷诺一样,一惊一乍,吃圣餐,看见鬼魂就双腿打战,注定要绝望而死。对观 Joyce Sparer Alder,《梅尔维尔的纸上战争》(War in Melville's Imagination), New York, 1981,页 99。

中,他首先看到的是潜在的错觉图画。德拉诺本人没有强调他被一群没有受过教育的黑奴欺骗,或许这可以理解。在叙事的第一部分,也就是故事最长的部分,梅尔维尔却强调了德拉诺如何上当受骗。他揭示了这个美国船长对旧世界的西班牙贵族和黑人奴仆的先入之见——在创作这篇小说的时候,这种偏见在美国北方人中司空见惯——如何导致他几乎完全误解在西班牙船上所见的一切。

在登上"圣多明尼各号"之后,梅尔维尔笔下的德拉诺也的确观察到了一些不同寻常的事情:船上纪律松懈,船员和黑奴挤成一团,围着他诉苦;比起黑奴的数量,白人明显偏少;船体普遍失修;坐在甲板高处的填絮老人神色警觉;六个凶神恶煞磨斧的阿散蒂"野人",像在敲打磐石一样定时击打斧头。但是,像在德拉诺船长的《纪事》中一样,在梅尔维尔笔下,

> 德拉诺船长的惊奇很快就被同情湮没。他不但同情西班牙白人,而且同情黑人。他们显然都缺吃少喝,才明显减少活动。长时间的磨难似乎已带出了黑人身上不太好的品质,同时也削弱了西班牙船长的权威。不过,话说回来,在这样的环境下,这等局面应该在意料之中。无论是陆军还是海军,城市还是家庭,自然界还是社会,再没有什么比苦难更能腐蚀良好秩序了。

德拉诺船长不由自主地把混乱的"圣多明尼各号"归咎于西班牙船长切雷诺的领导无方。他心想,

> 如果这位西班牙船长的精力再充沛点,船上不至于如此混乱。显而易见,混乱……与他的虚弱体质有关……他已经绝望,精神涣散……禁闭于栎木船舱之中,受缚于枯燥的指

挥之责,他身不由己,腻烦倒胃,像疑神疑鬼、行动迟缓的住持,偶尔会遽然止步,表情惊悚,目光呆滞,牙关紧绷,撕咬指甲,脸色一阵青一阵白,紧捻胡须,诸如此类的症状,无不表明他心神恍惚,情绪多变。

在德拉诺的心目中,切雷诺表现出的是精力匮乏,信念缺失。这正是天主教贵族制"旧世界"的特征。德拉诺对这个西班牙船长身心破败的印象,似乎从切雷诺身边的仆人身上得到了印证。这个仆人随时小心翼翼地跟在年轻主人的身后,

> 仆人的热情体现于他的一举一动,虽然干的是粗活,但却为他赢得了世界上最贴心仆人的声誉。一个主人太需要这样一个仆人了,不需要用什么优厚的待遇笼络,只需要报以家人般的信任。与其说他是仆人,不如说是忠诚的兄弟。(页52)

德拉诺这个来自美国北部的好人怀疑切雷诺这个旧世界贵族制的代表无能。他没有把这个西班牙人想得更坏,唯一原因是他认为,这个西班牙人身体虚弱,他所代表的制度朽迈。相反,德拉诺被他所相信的仆人的忠诚吸引。① 忽视了一个身体虚弱、满脑子迷信的贵族的不义统治,德拉诺认为,黑人的服务体现出了自然的秩序。

在手下回去取水和其他补给品时,德拉诺船长实质上是作为人质留下。当他看见黑人小孩刀刺一个白人小孩,切雷诺船长却没有出言训斥,更别说惩罚,这时他就起了疑心。船上几个白人

---

① 对观 Leslie Fiedler,《美国小说中的爱与死》(*Love and Death in the American Novel*, New York, 1966),页400。

船员似乎也有意在为他递眼色;他还看见其中一个年轻船员穿了一件上等丝绸内衣,另一个船员似乎在故意炫耀珠宝。船上的一切似乎看上去都不应该是这样。因此,当西班牙船长切雷诺走到一边与仆人窃窃私语,然后直接盘问德拉诺船上的人手和装备,德拉诺更加怀疑切雷诺有奸计。"他回想起这个西班牙船长刚才谈话的举止,神色忧伤,欲言又止,满口托词。十足的邪恶之徒为达目的而编造谎言时的架势。"(页68)

但是,想到"如果切雷诺的故事从头到尾都是假的,那么船上的每个人,下至幼儿,上到老人,都是他精心排演的阴谋道具"(页68-69),德拉诺悬着的心就放了下来。因为,一个白人与低等种族的众多黑人勾搭起来,并且让这些黑人守规矩,实在匪夷所思。德拉诺自问,"切雷诺可能与黑人们狼狈为奸吗?"他立刻否认了这想法,"不可能,这些黑人太愚昧……白人……才是更聪明的种族……更何况,谁曾听说过哪个白人会如此下作,竟至于背叛自己同宗,与黑人狼狈为奸,向自己人开火"(页75)。

美国著名的文学批评家阿尔文(Newton Arvin)抱怨说,"德拉诺船长单纯得近乎道德白痴"。① 但是,对于大多数读者而言,德拉诺大不了是有些肤浅和传统。在1799年(或事件发生的1804年),谁会怀疑这样一个具有贵族封号头衔、身穿

---

① 《梅尔维尔》(*Herman Melville*, New York, 1950),页239。梅尔维尔的确强调了德拉诺的单纯。首先,当德拉诺看见"圣多明尼各号"没有悬挂船旗或其他身份标志时,叙述者评论说,"幸好,德拉诺深信人性本善,除非一再受到非凡的刺激,他是不会过分关注自身安危,恶意揣测他人。否则,在这片无法无天、人迹罕至而又流传着种种恐怖传说的海域,看到如此神秘的船只,他的反应不该只是淡淡的惊奇,而是浓浓的忧虑。考虑到人的潜能,德拉诺这样的表现,除了暗示他心地善良之外,是否还暗示着他敏锐非凡的洞察力,不妨留给明智之士来判断"(页47)。后来,叙述者再次评论道,"德拉诺船长生性单纯,从不喜欢冷嘲热讽"(页63)。但单纯之人不等于白痴。

羊皮和丝绸的西班牙船长,实际上会听命于他那身材瘦小、只"穿着宽松的长裤,明显看得出是粗布做的,上面打着旧帆布做的补丁……腰间系着散绳"(页57)的黑奴?谁会想到这个西班牙船长一直命悬一线,只要他稍有暗示事情有诈,立刻就会血溅当场?谁会想到一个没有受过教育、在非洲受尽自己人奴役的黑人,在被白人抢来之后,能够组织起一场叛乱,并且在船上建立秩序?谁会相信他能让那些桀骜不驯的黑奴装成俯首贴耳,为的是欺骗来客?在1799年,欧洲人拥有船只和奴隶,这很常见。德拉诺对在"圣多明尼各号"上见到的事情所做出的预判,很难说就是愚昧或不合情理。

而且,德拉诺船长不但证明了自己是个心地善良的人,而且是个具有实际行动能力的人。在发现了"圣多明尼各号"的困境之后,他立刻采取了解救行动。在他最终明白西班牙船只的真相之后,他也果断采取了有效的措施,重新恢复了西班牙船只的合法控制权。

像绝大多数人一样,梅尔维尔暗示,德拉诺只看到事物的表面。事实上,这正是为什么说他对"圣多明尼各号"上事件的理解有着重要意义。他最初的上当受骗不仅证明了预期和表象在塑造观念的过程中具有的力量,而且,他后来对经历的反思也证明,要改变一旦形成的观念是多么困难,甚至多么不可能。

德拉诺船长出生于马萨诸塞州的达克斯伯里。作为新英格兰地区的商人,他所表达出的态度和信仰在内战前的北方人中很常见。他有清教徒的偏见,白人的偏见。他不支持奴隶制。相反,有一次他还评论道,这种制度"在人类身上滋生出丑陋的欲望"(页88)。与许多支持共和党的美国公民一样,德拉诺认为,不受制约的权力往往会败坏那些行使权力的人,换句话说,他认为奴隶制对于白人奴隶主来说不是好事。① 不过,对于黑奴的苦难,他似乎也不是太关心。他还不至于反对奴隶制。在小说中,他还主动提议用五十达布隆金币购买切雷诺的仆人贝波!

德拉诺船长并不认为奴隶制本身从根本上说是值得反对的或不义的制度,因为他相信,黑人天生就特别适合做奴隶。看着贝波准备为切雷诺修面,德拉诺评论道,

> 说来奇怪,黑人的一些素质生来就适合做一些职业。比如,许多黑人都是天生的仆人和理发师。他们好像天生就会用梳子、刷子和响板。他们炫耀这些技艺,从中得到满足……最重要的是他们生性幽默。这不是说他们会说笑话,会做鬼脸,而是说他们轻松随意的欢愉……除了幽默的天赋,他们还很温顺。这种温顺源于头脑简单,不存奢望,易于满足。在下等人身上,温顺的存在是不可辩驳的事实。正是由于温顺,他们有时候会让上等人产生盲信。这就是为什么一些著名的疑心病者……只信任他们的奴仆。

德拉诺并不畏惧黑人,仇视黑人。相反,梅尔维尔借叙事者的口吻说,"像大多数善良开朗的人一样,德拉诺对黑人抱有好感,这不是出于人道关怀的好感,而是天生的好感,就像人们对纽芬兰犬有天生的好感"(页 83–84)。

与许多那时和现在的白人一样,德拉诺相信,黑人比白人更

---

① 对观 Thomas Jefferson,《关于弗吉尼亚州的札记》(*Notes on the State of Virginia*,1787):"这样的政客将要背负多少骂名,他允许一半公民去践踏另一半公民的权利,将前者变成暴君,后者变成敌人,摧毁了前者的德性,后者的天真。"载 Merrill D. Peterson 编,《杰斐逊文集》(*The Portable Thomas Jefferson*,New York,1983),页 214–215。

接近于动物,而且正是这原因,黑人也更接近自然,因此,黑人也更善良。在看到一个酣睡的黑女人和她赤裸的小孩时,德拉诺心想,"这是赤裸的天性,纯真的温情与爱意"。在评价船上的其他黑女人时,

> 他非常满意她们的行为举止:她们像最原始的女人,心地温柔,外表刚强。她们乐意为孩子而死,乐意为保护孩子而战。她们天真纯朴如母豹,温婉可爱如鸽子。

像天上的太阳和水面上拂过的清风,叙述者说,"这些女人身上体现出的自然与和谐,不知不觉间让德拉诺更加宽心,更有自信"(页73)。

德拉诺积极的自然观完全折射出他心平气和地满足于相对低调的主宰地位。从根本上说,他满足于自我和世界。他不理解也不同情困扰他人的不满、黑暗欲望和恐惧。[1] 他只是认为这些

---

[1] 梅尔维尔改变了德拉诺的《纪事》,以强化德拉诺船长的自鸣得意感觉。正如我们看到,写下《纪事》的德拉诺受到了蒙骗,才将以前当过罪犯的人招募来当船员。如果说不是担心他们叛乱,至少他一直担心他们逃跑。他特别关心的是从切雷诺那里得到报偿,因为他这趟航行没有钱赚。到了梅尔维尔的笔下,德拉诺船长一直从丝绸贸易中赢利;他与手下人的关系密切互信。正如梅尔维尔为这艘西班牙船重新取名,从而带出了奴隶制问题,同样,为了强调德拉诺的满足,梅尔维尔也为这艘美国船只重新命名,把"坚毅号"改成了"快乐的单身汉号"(Bachelor's Delight)。不过,这个新船名保留了德拉诺船长先前活动与海盗活动的关联。"快乐的单身汉号"曾经是17世纪西印度海盗 William Dampier & William Ambrose Cowley 所驾驶的海盗船名字。这两个海盗帮助英国沉重打击了西班牙在新世界的霸权地位,他们经常出没于海上,偷袭像服役期时"圣多明尼各号"那样的西班牙寻宝船。在德拉诺的《纪事》中,切雷诺贿赂了一些当过罪犯的澳洲船员到法庭宣誓,指控德拉诺是海盗,目的在于阻止这个美国人从夺回的"特莱奥号"中得到分红。

东西是混乱的根源,需要压制。一旦他开始理解"圣多明尼各号"上的真相,德拉诺立刻采取有效行动:首先,尽可能营救白人船员,然后,重新夺回船只,包括重新奴役黑人。他自己享有自由和独立,但他似乎不太关心别人同样的权利。他对正义不感兴趣,他更感兴趣的是利益。像历史上那个原型,梅尔维尔笔下的德拉诺船长许诺战利品分红,以此激励手下与殊死抵抗的黑奴进行血战。因为黑奴是船上货物的一部分(或许是最宝贵的部分),他呼吁手下不要滥杀或伤害黑人。当重新夺回"圣多明尼各号"的第二天,他登上这条西班牙船视察时还出手阻止了白人向带有镣铐的黑人复仇。他这样做,与其说是出于同情黑人,不如说是关心他自己的利益。他保留俘虏活口,为的是把他们弄回去在利马的西班牙总督法庭上按"罪行"受审,从而依法获得相应的补偿。

在梅尔维尔的小说中,德拉诺船长对"圣多明尼各号"上情况的最初描写与后来西班牙船长切雷诺在利马法庭上的证词形成了鲜明的对照,从而强化了德拉诺船长对他不平凡经历苍白但绝非被动的反应。通过切雷诺的证词,我们不仅知道了黑奴们是如何掌握了"圣多明尼各号"的控制权,而且知道了在主人–奴隶关系易位之后他们如何对白人行使权力。

三、切雷诺

在德拉诺的《纪事》中,西班牙船长色雷诺驾船安全进港后,为了最大限度地挽救生意的利益,立刻反悔,否认帮助过他的美国人应该得到任何回报或分红。相比之下,梅尔维尔笔下的西班牙船长切雷诺在磨难的打击之下身心都已崩溃。他似乎自己并没有奴隶,他只是一艘货(主要是黑奴)船的船长,船上的黑奴属于他的朋友阿兰达(Alexandro Aranda)。因此,梅尔维尔描写的切雷诺与其说是罪犯,不如说是受害者——肇因是他朋友的愚蠢和黑人的凶残。

与德拉诺船长一样,阿兰达完全被奴隶的本性蒙骗。"圣多明尼各号"上的黑奴都没有带上镣铐,因为阿兰达告诉切雷诺他们都很温顺。在船上,黑人有了自由活动的空间,才可能组织实施叛乱。他们用手斧和鱼叉杀死了十八个在甲板上酣睡的西班牙船员,还将三个船员捆绑起来活生生地扔进大海。叛乱领袖就是身材瘦小的黑人贝波。德拉诺认为这个仆人更像是切雷诺的朋友。

在叛乱发生过后的几天,贝波和他的主要帮手阿图法尔(一个据说当过非洲某部落酋长、身材高大的黑人)决定杀死阿兰达,"一是因为他和同伴不杀死主人就不会相信他们的自由,二是为了杀鸡儆猴,保证船上的船员听话,警告他们不要乱动"(页106)。一个阿散蒂人剥了阿兰达的皮肉,只剩下"骷髅","这是黑人后来才透露给我的。只要我还有一丝理智,我是绝对不会到处声张"(页111-112)。在贝波的授令之下,黑奴们将阿兰达的骷髅钉在船头,下面写了一行字:"追随你的领袖。"然后,贝波"带着船上剩下的西班牙人逐一走到船头,问那是谁的骷髅,是否从骷髅的白骨认得出是个白人的骷髅"。① 此后,贝波每天都要"对他们连篇累牍地训话……警告他们……如果他看见他们(西班牙人)讲他们(黑人)的坏话,或者图谋不轨,他和手下的船员,都将步阿兰达的后尘"(页107-108)。

为了营救船上剩余的白人,切雷诺"同意起草一份协

---

① 反讽的是,正是阿兰达贴身仆人荷西的通风报信,船上黑人才出其不意,夜袭白人于床上;同样,还是这个荷西,当阿兰达被拖上甲板时,他率先砍杀主人。正如 Schaub 指出:"贝波嘲讽了白人的肤色自豪感,无论肉体是黑是白,下面的骨头是一样的。种族主义在死亡的平等上面遭遇了应受的惩罚。"(页55)

议……他负责将船上黑人送到塞内加尔,条件是不要再杀白人,同时他也将船和货物正式移交给黑人"(页108)。他告诉贝波,抵达目的地最需要的是水,他要驾驶船只到中途港口,暗地里希望寻找到帮助。然而,贝波威胁说,"只要看到他把他们带向任何港口、城镇或村落,他就叫船上所有白人的人头落地"(页106)。因此,切雷诺决定朝偏僻的圣玛丽亚岛进发,在那里碰巧看见了德拉诺的船只,他们用帆布蒙上了船头的骷髅,装出修船的假象。贝波警告切雷诺,"如果他有一丝走样,说了任何话,给了任何眼神,走漏船上一丁点风声,引起对方的怀疑,他和船上白人都将立刻殒命,贝波边说边晃了晃藏在身上的匕首"(页109)。

切雷诺认识到,黑人根本不是什么天生的仆人、忠实的伙伴,他们已经证明了是残酷的野人,趁仁慈的主人麻痹大意,他们抓住时机就谋杀、折磨、吃人。像康拉德(Joseph Conrad)《黑暗之心》中的库尔茨一样,切雷诺船长似乎不能忘记他所经历的恐怖。尽管在从圣玛丽亚岛到利马的海途中他的病情有点好转,但他在法庭做完证词之后就完全崩溃。三个月后,他躺在灵柩中,埋葬在阿贡尼亚山上的教堂,时年二十九岁。

在最后一次交流中,梅尔维尔戏剧化地展现了两个船长对他们共同经历的不同反应。他们在回利马的海途中回忆起刚刚过去的恐怖经历,一致认为,德拉诺船长能够活下来,全靠上帝的恩典。但他们针锋相对的是从这场共同的磨难中应该得到的教训。

切雷诺最为深刻的教训是人类很容易犯错、引起误解。他说,德拉诺整天与他在一起,但直到最后一刻,这个美国船长还是怀疑他这个西班牙人的道德和动机,即便他是无辜受罪。"迄今为止,也许就连最优秀的人在情况不明之下对他人的行为也会产生误判",切雷诺反省道。但他立刻补充说,"你不是主动犯错,更何况你立刻醒悟。其实,无论是主动,还是被动,犯错人人难免,没有例外"(页115)。

对于这种悲观的想法,德拉诺颇不耐烦。他回答说:"你太绝对了,切雷诺,你也太悲观了。过去的就让它过去吧,何必上纲上线呢?忘了吧。你看,明媚的太阳已经忘记了一切。你看,蔚蓝的大海,湛蓝的天空。一切都翻开了新的一页。"这个典型的美国北方人转向自然的轮回,求得安慰和希望。从他的角度来看,一切总有重新开始的可能。邪恶的历史阻挡不了未来前进的车轮。

切雷诺船长用决绝的口吻表达了他不同的看法。太阳、大海和天空全都能够重新开始,是因为"它们没有记忆",他绝望地反驳说,"它们不是人类"(页116)。人类有记忆,我们不会也不可能重新开始,丝毫无损我们独特的身份或自我。切雷诺已经被刚刚过去的经历吓破了胆,除了死亡,他看不见任何未来。他已经看见了黑暗之心,再也无法忘却。他说,将他的船只吹向港口的轻柔微风不能给他任何安慰,因为黑人在他的心灵上投下了阴影。

两个船长对他们经历的回应几乎都十分老套。美国船长德拉诺将他的经历放在周而复始的自然中来理解,因此总是能够前瞻到重新开始的可能。相反,西班牙贵族、天主教徒切雷诺却在不停地回望历史,进入深不可测的人性深渊,从而对进步感到绝望,丧失了希望。

但事实上,梅尔维尔所表现的是,无论是来自新世界的"天真"的德拉诺,还是来自"旧世界"的消极后裔切雷诺,都没有看明白他们眼皮下正发生的一切。在小说中,还有一个人的声音应该被听到。那就是黑人贝波的声音,"他策划了阴谋,领导了叛乱,不是凭借体力,而是依靠才智"。

四、贝波

小说中,贝波紧随切雷诺跳进德拉诺的小艇,打算杀死主人灭口。德拉诺眼疾手快,将其制服。贝波"眼看功亏一篑,立即噤声,无论怎么威逼都一声不吭。他的态度似乎表明,事已至此,夫复何言"(页116)。

被武力制服的贝波放弃了他人性的理智符号——言说能力。他知道,他的人性已经被剥夺,或者说,将再次被利马总督法庭剥夺。法庭不但判定他成为另外一个白人的财富,而且还将判处他死刑,因为他抗拒了白人的暴力压迫。尽管他保持沉默,但贝波从来没有承认有罪或后悔。相反,在叙述者的想象中,他的"头颅,那个充满奥秘的蜂巢,接连多日挂在利马广场的一根竹竿上,毫无惧色地迎接着白人的观瞻。他的目光,穿过利马广场,看向圣巴塞缪斯教堂……阿兰达复得的遗骨就长眠在教堂的地下室中"(页116-117)。

俗话说,眼见为实,榜样的力量无穷。贝波行动中展现出来的人性都无法说服任何白人压迫者相信他有人性,他怎可能用言辞来让白人相信?

贝波不但组织了反抗他们前主人的叛乱,而且在"圣多明尼各号"上建立了一定的秩序,这已经毫无疑问地证明,他和他的种族既不是德拉诺想象中的野蛮动物和慈爱人性的天真结合,也不是切雷诺想象中残忍杀害他朋友的恶魔和食人生番。他们是理性的人,为了获得自由,愿意冒生命危险。他们证明了能够自治。正如切雷诺在证词中说,贝波等人是有目的地杀人。他们不想给前主人留下复仇的后路,重新夺回财富。他们将阿兰达的骷髅拿来示众,为的是恐吓船上剩下的西班牙人,使之臣服,为他们效劳。他们没有滥杀这些白人,是因为他们要依靠白人的航海技能才能成功地回到塞内加尔。因此,这些白人是他们未来自由生活的依靠。这些黑人从来没有肆无忌惮地行事。相比之下,白人水手在重新夺回船只以后,倒是穷凶极恶地为所欲为,为了报复,他们把黑人的脊背和大腿用捕鲸的鱼叉踩碎,然后用锁链将他们捆绑在甲板上,开肠破肚。在追求自由的过程中,黑人只做了他们认为有必要做的事情,不多不少。

五、梅尔维尔

梅尔维尔小说最令人吃惊的地方是,无论是两个白人船长,还是后来许多读者,在见证了黑人追求自由的愿望和他们有足够理性行使自由的能力之后,却与切雷诺得出一样的结论——黑人是邪恶的种族。[1] 难道抵抗不义和反抗不公就是邪行?人类是否只有消极地接受用武力来决定成败?作为压迫的牺牲品,他们在反抗压迫的过程中为什么还会被视为罪人?这到底是什么逻辑?

我们回到这个问题:梅尔维尔对于德拉诺《纪事》所做的最明显改变——以西班牙船长的名字作为小说标题——意义究竟何在?梅尔维尔为什么要使切雷诺看上去像个殉道士?难道"由骡车拖向绞刑架"斩首的黑人贝波不更苦大仇深?所得到的待遇更加不公?贝波不是贱种。他不愚笨,相反,他证明了自己

---

[1] 认为贝波是邪恶之徒的批评还包括,Rosalie Feltenstein,《梅尔维尔的〈切雷诺〉》(*Melville's "Benito Cereno"*),载《美国文学》(*American Literature*),第 19 期,1947,页 145 – 155;Robert Bruce Bickley,《梅尔维尔短篇小说的技法》(*The Method of Melville's Short Fiction*,Durham,1975),页 100 – 108;Yvor Winters,《毛勒的诅咒》(*Maule's Curse*,Norfolk,1938),页 77。

比两个白人船长还要聪明,更有领导才能。但是,两个白人船长得救了,而他却被公开贴上了罪人的标签。梅尔维尔最终想暗示什么?

我认为,如果追问小说的意识中心,德拉诺船长为何希望忘记他看见的一切,我们就可能得到一丝线索。如果德拉诺思考过这个事实——作为见证人,他看见了一个才智非凡的自然王者遭到奴役,部分原因是身体单薄——那么,这个美国人将会质疑他相信存在于自然秩序和传统秩序以及自然(包含人与宇宙)的良善之间的巧合。换句话说,德拉诺船长必然会追问他自身自由的基础,他在"快乐的单身汉号"上发号施令的正义基础,以及美国或其他政府统治其他人的正义基础。正如梅尔维尔表明,德拉诺船长强烈反感这类反思,这类反思必将破坏他心智的宁静,破坏他对自身和自己国家居于世界主宰地位的自得情绪。①

这个来自美国北方的船长没有加入切雷诺那样的"病态"道德反思,相反,我们不妨说,他以恩主的心态高高在上地对后者(换言之,南方贵族)表示同情。德拉诺建议这个南方人学他的样子,忘记过去的一切。可以说,这两个船长最终似乎代表了同一精神的两面:一方不可能忘记另一方想法压制的东西。像德拉诺这种来自新英格兰地区的美国北部商人,已经从奴隶贸易中获取

---

① Schaub 评论说,"对于一个船员,见证了自然无情的力量,从致命的无风天气到致命的冰风暴,他依然坚信自然是善良的,这立场有些古怪。由此可见,德拉诺并没有从经历中汲取多少教训"(页52)。但我认为,德拉诺从经历中获得了教训,他可能想到过,依靠家仆的帮助,他能够战胜、至少能够经受风暴。其中一个助手就是他的小艇"漫游者",他把这一个黑奴一样的小艇比作"纽芬兰"犬(《切雷诺》,页77)。Schaub(页44)还指出,德拉诺"想要的是不受限制的清晰等级关系,他希望统治成为一种自然的形式"。他描绘自己指挥下的"快乐的单身汉号""船员就像一个和谐的大家庭"(《切雷诺》,页51)。

了利益。他们早就卷入了美国南方这种"奇特"的制度,哪怕他们想要忘却或否认。即使像德拉诺一样,他们正式(或许更多的是非正式)表示,不认同这种邪恶的制度,这时,他们不但理解美国南方人对暴力反抗的恐惧,而且也分享了这种恐惧。① 他们甚至可能怜悯南方种植园地区柔弱衰败的"贵族制",尽管他们也相信这种制度终已病入沉疴,无力回天。因此,在《切雷诺》中,梅尔维尔展示出惊人的先见之明,他不但洞察到即将爆发的内战,而且一针见血地指出内战之后随之出现的是对旧南方文明的浪漫化。

美国人究竟应该像北方人德拉诺一样追逐商业利益,还是像南方人切雷诺一样追求宗教和来生?梅尔维尔暗示,这个问题还没有尘埃落定。黑人既不是无邪的动物,也不是野蛮的食人生番。他们只要看准机会,就会再次扔掉强加给他们的奴役面具,拼命抓住自由。问题在于,他们要获得权利,必须诉诸暴力,而使用暴力,往往使白人更加相信,为了自身的安全,应该将黑人重新套上锁链。黑人需要一个白人来代言,这个代言人用言辞而非行动,用虚构的想象而非真实的对抗,不但呈现出暴力的威胁,而且同情地再现出黑人的困境。

梅尔维尔暗示,德拉诺和切雷诺都没有从自身经历中得到教训,因为他们刚刚的经历过于直接地威胁着他们的性命和生活。教训需要反思,反思需要距离。作为一种教育方式,小说也许要

---

① 梅尔维尔笔下的切雷诺与典型美国南方白人之间言论的相似性,参 Carolyn L. Karcher,《应许之地的阴影》(*Shadow Over the Promised Land*, Baton Rouge,1980),页136;以及William R. Taylor,《南方启示与北方佬》(*Cavalier and Yankee*, New York,1969),页157-160。两个船长代表着同一精神的两面,对观James H. Kavanagh,《那个充满奥秘的蜂巢》(*That Hive of Subtlety*: "*Benito Cereno*" *and the Liberal Hero*),载《意识形态与美国文学经典》(*Ideology and Classic American Literature*), Sacvan Bercovitch & Myra Jehlen 编, Cambridge,1986,页352-383。

优于事实,因为小说不像事实那样具体和直接,而是充满了虚构和反思。反思他人的虚构经历,我们能够间接学到我们不能直接从自身生活中学到的东西。我们读者能够看清隐藏在"圣多明尼各号"上的奴隶叛乱真相,正是因为我们不在现场,没有像德拉诺和切雷诺那样生命受到威胁。

在《切雷诺》这个短篇小说中,梅尔维尔向我们昭示出民主领袖必备的素质。梅尔维尔用切雷诺来展示一个徒有领袖之名、一个傀儡或广告牌式人物的痛苦。德拉诺船长尽管是一个有行动能力的务实之人,能够采取有效措施领导手下谋利,但他思想保守,无论是行动范围,还是同情心和正义感,都存在着局限。梅尔维尔的贝波向我们展示出一个自然天才的升起和陨落,可惜,他身边的人都不能欣赏他行为的高贵动机。贝波与他的种族不只是败于美国船员所使用的先进科技——枪——或武力。他们最后在法庭上还败于法律。法律,尤其是在民主国家,折射的是关于正当或正义的公共舆论。通过改变这些观念,通过戏剧化地向读者表现黑人既不是天生的奴仆,也不比白人弱智,梅尔维尔写作这个短篇,绝非只想娱乐读者。他用行动表明,民主领袖实际上需要怎样的素质。[1]

---

[1] 一些批评家已经强调了切雷诺故意加固的空剑鞘与阉割之间的关系;黑奴强迫他穿上的那身服装也象征着这个西班牙船长不像男人。更详细地讨论梅尔维尔关于领导权的见解,参见 Catherine H. Zuckert,《自然权利与美国想象力》(*Natural Right and the American Imagination*: *Political Philosophy in Novel Form*, Savage, MD: Rowman & Littlefield, 1990),页 99-129。

《切雷诺》与美国天命观①

埃默里(Allan Moore Emery)

人们通常认为,像大多数一流作家一样,梅尔维尔投身于永恒事业,尤其是在《白鲸》(*Moby-Dick*,1851)中,面对生命的亘古问题,梅尔维尔在叩问终极答案。直到二十年前,梅尔维尔的"时事性"(topicality)才逐渐为人认识。批评界越来越强调,梅尔维尔对于同时代的事件给予了及时关注,如种族偏见、技术进步、英国贫民窟、美国海军虐待案、"萨默斯号"(Somers)黑奴叛乱以及美国内战等。如今,梅尔维尔的"政治性"(politics)得到了特别重视。赫默特(Alan Heimert)最先暗示,《白鲸》(*Moby Dick*,1851)与政治也有瓜葛,其出现要"象征性"地感谢"1850 年大妥协"(The Comprise of 1850);②随后,罗金(Michael Paul Rogin)和杜班(James Duban)分别考察了小说中对奴隶制和天命观的精心处理。③ 三个批评家挑战了梅尔维尔迷醉于普世哲理、对政治问题

---

① [译按]译自《十九世纪小说》(*Nineteenth-Century Fiction*),卷 39,第 1 期,1984 年 6 月号,页 48-68。为与本书体例一致,注释经过重新编排后有改动。

② 参见 Heimert,《〈白鲸〉与美国的政治象征》(*Moby-Dick* and American Political Symbolism),载《美国季刊》(*American Quarterly*),第 15 期,1963,页498-534。

③ 参见 Rogin,《颠覆的谱系》(*Subversive Genealogy*),New York,1983,页 102-151;Duban,《梅尔维尔主要的小说》(*Melville's Major Fiction*),De Kalb,1983,页 82-148。

漠不关心的流行形象,同时将梅尔维尔的政治介入置于他最高的文学成就之列。

强调梅尔维尔的政治性,赫默特、罗金和杜班对于学界长期过分偏重梅尔维尔哲学性的风气,的确起到了宝贵的修正作用。不过,我认为,人们也许会质疑他们作为首要证据的《白鲸》。诚然,这部小说中包含了一些政治观点,但它们只是许多非政治题材观点中的小部分。梅尔维尔对大量非政治的东西——从形而上学到海洋生物学、从二元论到单子论——发表了看法。毫无疑问,《白鲸》具有"象征性",但它并不具有强烈的政治性:"佩各德号"(Pequod)也许象征着"国家之舟"(Ship of State),①但只是偶尔为之,谈不上永远如是。而且,与其说这部包罗万象的小说暗示的是梅尔维尔对奴隶制和天命观的兴趣,倒不如说昭示的是梅尔维尔对自然、人性和上帝的迷思。因此,即使挑明了"政治性"后重新阐释,《白鲸》不外乎再次印证了梅尔维尔看重"宏大"主题、轻视政治的俗见。

不过,我们不应该就此抛弃梅尔维尔的政治性。我们应该为它在梅尔维尔的其他作品中寻找更坚实的落脚点:比如,《烟囱》(I and My Chimney,1856)就具有浓厚的政治色彩和强大的政治力量。② 再如,《切雷诺》(Benito Cereno,1855)不但评价了奴隶制(虽然说有些宽泛),而且折射出作者对天命观的严肃关注(这方面比其他文本清楚)。如果说,在《玛迪》

---

① 参见 Heimert,《〈白鲸〉与美国的政治象征》(Moby-Dick and American Political Symbolism),页499-502。
② 参见 Allan Moore Emery,《〈烟囱〉的政治意义》(The Political Significance of Melville's Chimney),载《新英格兰季刊》(New England Quarterly),第55期,1982,页201-228。

(*Mardi*,1849)和《白鲸》中,梅尔维尔偶涉政治算是小试牛刀,① 那么,在《切雷诺》中,他已经变成了成熟的政治分析师,将大量的创作精力用于解剖美国人的思维定式。这些美国人自以为是"天选"的民族,他们统治全球是"天意"使然。如果说在《玛迪》和《白鲸》中,梅尔维尔只是偶尔从哲学共相世界的桅杆下到具体政治现实的甲板,那么,在《切雷诺》中,他坚定地将两者糅合。他对天命观的书写,不再像从前一样是带有政治旁白的永恒故事,而是带有永恒意义的政治故事。

许多批评家从"政治"角度把《切雷诺》解读为对美国奴隶制的攻击。② 诚然,小说中描写了黑奴,但奴隶制似乎不是梅尔维尔首要的政治议题。显然,梅尔维尔对美国的扩张主义更感兴趣。在十九世纪五十年代,关于奴隶制的讨论在美国甚嚣尘上。但同样,主张对外扩张的美国人在这期间也十分活跃。他们要么是忙于目光向外,没有注意到国内的纷争;要么是意识到,只有更宏伟的外交政策才可能诱使美国人转移对分离主义阵营的注意力。事实上,在十九世纪五十年代,民族扩张与奴隶制度一样都属于"时事"话题。至少,梅尔维尔似乎是如此认为。因此,假如《切雷诺》检视了奴隶制问题,那么,它更大的心思是用于盘查美国人对天命观的错误信仰。③

---

① 《玛迪》(*Mardi*)中的政治,参见 Merrell R. Davis,《梅尔维尔的〈玛迪〉》(*Melville's Mardi*),载《耶鲁英文评论》(*Yale Studies in English*),卷119,New Haven,1952,页156-159;Duban,《梅尔维尔主要的小说》(*Melville's Major Fiction*),页11-30。

② 比如,参见 Rogin,《颠覆的谱系》(*Subversive Genealogy*),页208-220。

③ 在评论《切雷诺》的众多批评家中,只有 Marvin Fisher 注意到这个重点,参见其《下行之路》(*Going Under*),Baton Rouge,1977,页111-113。另外参见 Robert Lowell 为《切雷诺》改编的戏剧,载《旧时荣光》(*The Old Glory*),New York,1968,页139-214;尽管 Lowell 只是部分赞同梅尔维尔反扩张主义的观念,但他对《切雷诺》总体性的解读还是十分切中肯綮。

显然,梅尔维尔特别关注十九世纪中叶美国是否应该干预拉美的争论。"精力充沛""自由放任""效率高强"的美国人 vs. "身体脆弱""主张独裁"和"混乱无序"的西班牙人,这样的论调,梅尔维尔在许多美国期刊(包括他可能订阅、最终刊载了《切雷诺》的《普特南月刊》)上都能见到。①《普特南月刊》(1853年1月)创刊号上第一篇文章标题就叫《古巴》(Cuba)。该文把西班牙留在新世界的唯一殖民地描述成在"残暴独裁"统治之下呻吟。如果兼并古巴,美国热爱自由的"萨克森人"就能够"为这座岛屿带去政治、宗教和商业自由"。表面上,古巴最近取得的经济进步显示出西班牙的潜能,但实际上,作者认为,这得力于美国人的"事业和能量"。美国人是"启蒙、进步的民族,相反,西班牙人是封建、落后的民族"。美国是一个强大、兴旺的国家,而西班牙"国力虚弱,蹒跚着走向毁灭"②。1854年2月,《普特南月刊》再次刊登了一篇类似布道信息的文章《论对外兼并》(Annexation)。作者指出,拉美"弱小的墨西哥人和西班牙人"是"无政府状态乱政的牺牲品",他建议美国为这些生活在水深火热中的人提供"稳定的政权、平等的法制、繁荣的经济、优质的生活"。他代表全体美国人宣布:

> 作为最优秀现代文明的继承人,我们拥有最优秀的政治制度和社会制度。我们应该把自由、知识、宗教的种子播撒到所到之处,我们会走遍世界。我们会特别关注近在咫尺的这些千年不变的蛮族,对他们来说,我们的到来是拯救和赐福。南美和墨西哥湾诸岛应该站起来迎接我们的莅临。沙

---

① 参见 Merton M. Sealts, Jr.,《梅尔维尔的阅读》(*Melville's Reading*),Madison,1966,页87。

② 参见《古巴》(*Cuba*),载《普特南月刊》(*Putnam's Monthly Magazine*),1853年1月号,页5、10、13-16。

漠和荒野应该手舞足蹈。因为我们打破了它们致命的魔障。它们解放的时刻,已经到来。①

在许多类似为美国扩张政策张目的文章中,梅尔维尔最有可能接触到的就是《普特南月刊》上这两篇。我们暂且不管梅尔维尔是从哪些特别渠道获得,反正《切雷诺》已经折射出他对于拉美"解放"运动比较熟悉。首先,我们不妨考虑这个文本细节:在德拉诺的《南北半球航海与旅行纪事》中,切雷诺的"特莱奥号"(Tryal)只是一艘"西班牙船只",没有提及它的历史和外形,②但在《切雷诺》中,梅尔维尔指明"圣多明尼各号"如同"淘汰下来的寻宝船或西班牙皇家海军退役的护卫舰,像久经风雨的意大利宫殿,门庭虽然败落,但仍残留往昔的风采"。③ 破败的桅楼、霉变的艄楼以及"像一面椭圆形盾牌、雕刻着精致的城堡和狮子的船尾"(页114-115),"圣多明尼各号"简直就如"风雨飘摇的西班牙"。④ 而且,"西班牙的钦差大臣"和"利马总督的

---

① 《论对外兼并》(Annexation),载《普特南月刊》(Putnam's),1854年2月号,页191。

② 参见 Amasa Delano,《南北半球航海与旅行纪事》(A Narrative of Voyages and Travels, in the Northern and Southern Hemispheres),New York,1970,页318、322-323。下面简称《纪事》。

③ 《切雷诺》(Benito Cereno),载《广场故事集》(The Piazza Tales),New York,1856,页113-114。以下同一文本引文随文括号标注页码。《切雷诺》原载《普特南月刊》1855年10、11、12月号。

④ 关于"圣多明尼各号"象征着西班牙,参见 Stanley T. Williams,《追随你的领袖》(Follow your Leader),载《弗吉尼亚评论季刊》(Virginia Quarterly Review),第23期,1947,页61-76;Richard Harter Fogle,《僧侣与单身汉》(The Monk and the Bachelor),载《图兰英文研究》(Tulane Studies in English),第3期,1952,页155-178,重刊于 Fogle,《梅尔维尔的短篇故事》(Melville's Shorter Tales),Norman,1960,页116-147;H. Bruce Franklin,《独裁的明显象征》(Apparent Symbol of Despotic Command),载《新英格兰季刊》(New England Quarterly),第34期,1961,

女儿"都曾经搭乘过这艘船。船头的"破浪神雕像"是"发现新大陆的哥伦布"(页176、254)。因此,"圣多明尼各号"最有可能代表西班牙帝国。在德拉诺出海探险的1799年,这个帝国正好行将瓦解。①

果真如此的话,德拉诺对于"圣多明尼各号"做出的"美国式"反应就变得同样的重要。比如,当德拉诺用"嘈杂"(页128)来抱怨西班牙船只上管理不善,就让人想起美国扩张主义者的话语,想起他们在拉美发现的"混乱"。而且,当德拉诺将"圣多明尼各号"上的混乱归结为西班牙船长的懦弱无能、指挥乏力时,他采取了第二种扩张主义者的策略。② 在德拉诺的《纪事》中,没有提到

(接上页)页462-477,重刊于 Franklin,《醒来的诸神》(*The Wake of the Gods*), Stanford Univ. Press, 1963, 页136-150; Fisher,《下行之路》(*Going Under*)。

① 梅尔维尔用利马来代表西班牙帝国,可能受到《利马与利马人》(*Lima and the Limanians*)的影响。该文载《哈泼斯新月刊》(*Harper's New Monthly Magazine*),1851年10月号,页598-609。作者将利马的衰落看成是西班牙衰落的征兆(页598),并且惆怅地回忆起利马总督统治的光辉岁月(页599、608)。梅尔维尔在小说中两次提到利马,一次是小说开头,"就像穿着赛亚裙前去偷情的利马淫妇的阴险眼睛,透过她幽暗的面纱,偷窥广场的情况"(页111),一次是小说结尾处出现的"利马广场"和"利马大桥"(页270)。这进一步暗示了他或许看过这篇涉及利马人和利马建筑的文章(页602-605、606-608)。梅尔维尔第一次提到"赛亚裙"是在小说《皮埃尔》(*Pierre*,1852)中。他写这小说的时候正好是《利马与利马人》发表的时间。同一期上还有梅尔维尔的小说《荷塘镇故事》(*Town-Ho's Story*),这更可能表明他对《利马与利马人》熟悉。关于梅尔维尔与他也订阅过的《哈泼斯新月刊》,参见 Sealts,《梅尔维尔的阅读》(*Melville's Reading*),页64。

② Delano 可能也受到《利马与利马人》(*Lima and the Limanians*)的影响。该文作者将利马的黑白混血西班牙人描述为"看起来有些早熟;似乎自然的力量已经耗尽,不足以成长为精力充沛的成人"(页601)。此前对一个"懒散"秘鲁人的刻画(页600)也可能是切雷诺的快照。

过西班牙船长无能,但到了梅尔维尔笔下,德拉诺说过,"如果这位名叫贝尼托·切雷诺的西班牙船长的精力再多点,船上不至于如此混乱"(页122)。德拉诺对西班牙船长的反应相当复杂。他一方面叹息西班牙船长的懦弱,另一方面他也注意到这人对阿图法尔的粗暴,以至于他发出感叹,"啊,切雷诺……尽管你在许多事情上都放任自流,但我还是感觉到,至少从内心来说,你是一个冷酷的主人"(页224)。登上象征西班牙帝国的"圣多明尼各号",德拉诺立刻发现了他那些奉行扩张主义的子孙们在拉美发现的东西:一个萎靡不振、充满独裁专制的人间地狱。

偶尔,德拉诺也会经历"圣多明尼各号"上的"魔障"(页118、161、178),处于一种魔幻状态。这是德拉诺在《纪事》中没有经历过的事情。但是,《论对外兼并》一文的作者却把这种"魔幻"说成是拉美的特征。同样重要的是,德拉诺打算牢牢控制住这艘西班牙船来打破这种"魔幻",因此预示了十九世纪中叶美国的干预政策。梅尔维尔再次偏离了他使用的原始素材,透露了德拉诺的援助计划,为切雷诺配备"三个最好的船员,临时负责甲板的指挥"。他的打算后来越来越放肆,要剥夺切雷诺的指挥权(页138、165)。在计划受挫之后,德拉诺又主动请缨,贸然决定留在"圣多明尼各号"上,为它"导航"(页193)。梅尔维尔反复强调德拉诺要夺取西班牙船只的领袖职位(页220 - 222、228),似乎在暗示,德拉诺将"圣多明尼各号"与"快乐的单身汉号"靠在一起,在某种意义上,美国就实现了对拉美的兼并。"我会为他把这艘船只开进港去",德拉诺早就大胆宣布过,梅尔维尔着力描写了这段心理,"德拉诺要求切雷诺安静地呆在原地,因为他很乐意代行船长职责,全力借助风势"(页219)。梅尔维尔将这些德拉诺《纪事》中不存在的细节添进小说,其历史原因显而易见。因为,梅尔维尔自信的同胞同样"乐意"肩负职责,代理西班牙人治理"着魔"的拉美。

大量的文本证据表明,《切雷诺》的主题是有意探讨美国的扩张主义。而且,还有其他证据表明,梅尔维尔对此持批评态度。比如,在小说接近结尾的高潮地方,我们得知,美国船员积极参与夺回"圣多明尼各号"的战斗,不是为了"解放"被压迫者,而是单单为了丰厚的物质回报,"为了鼓舞士气,德拉诺宣布,西班牙船长已经当他的货物遭海盗劫掠,船上的金银珠宝及价值上千两银子的货物只要夺回,大部分就归他们所有。这些船员闻言,激动得连声叫好"。同样有意思的是,指挥进攻的是德拉诺的大副,据说曾经做过"海盗"(页241)。这点在德拉诺《纪事》中也没有提到。① 我们还应该注意,梅尔维尔把德拉诺的船只"坚毅号"重新命名为"快乐的单身汉号",而"快乐的单身汉号"原是一艘英国海盗船的名字。另外,德拉诺那条小艇"漫游者"(页184 – 189),其实就影射了公海上的"海盗"。《古巴》一文的作者坚持认为,大多数美国扩张主义者对于古巴人民抱有"真诚、热烈的同情",只有少数怀有"卑鄙、邪恶的私利"。② 梅尔维尔意识到美国觊觎古巴的主要原因,于是有意揭示天命观不过是话语的烟幕弹,背后隐藏着美国扩张主义者宏大的"海盗"事业。

德拉诺想购买黑奴的拙劣企图(页168)相当清晰地表明了梅尔维尔的另一个目的。正如我们已经看到,天命观的支持者将美国打造成播撒自由的标准角色:按照《普特南月刊》上文章的预言,美国的使命是将民主"推广"到整个西半球,将"自由的种子"撒向世界各民族。③ 但是,作为潜在的奴隶主,德拉诺根本不想让黑人享有民主。事实上,在躲开了致命一击之后,他用脚"踩在匍匐着的贝波的脖子上"(页236)。梅尔维尔似乎在暗示,这些"解

---

① 参见德拉诺,《纪事》,页326 – 327。
② 参见《古巴》(*Cuba*),页13。
③ 参见《古巴》,页15;《论对外兼并》,页191。

放了"的美国人,不断宣誓效忠于宪法,其实有点心口不一。难怪,当切雷诺和德拉诺当着黑人贝波的面缔结友谊的时候,他们的手"横过这黑人的身体"(页233),紧握在一起。① 显然,梅尔维尔认同许多废奴主义者的看法,将古巴从西班牙手中移交给美国,只是意味着为古巴奴隶换了个主人。

梅尔维尔将美国的扩张主义界定为"惟利是图"、有违自由精神,这也是为了更大的目标服务。梅尔维尔以此否定,那时期的期刊文章中反复出现的关于美国扩张主义和欧洲列强"腐朽"殖民主义之间存在区别。《古巴》一文的作者敏锐地感觉到有被人指控为帝国主义的嫌疑,因此小心翼翼地将美国的兼并手段与"帝国扩张的征服手段"做了区分。《论对外兼并》一文的作者在回应英国反对美国插足加勒比海时,特别强调了英国自身的捕猎行为,同时将美国"公开、大度、平等的国际政策"与欧洲国家"神秘、阴险、狡诈的外交手段"进行对照。② 但是,德拉诺的船员依靠狡诈和武力取得的胜利(页242-246),连同他们卑鄙的动机,都在暗示梅尔维尔有足够的理由怀疑美国扩张主义的伦理属于"例外"。同样值得怀疑的是飞扬跋扈的德拉诺。他洋洋得意地打着算盘,要取代"圣多明尼各号"上的指挥权,依据是他相信西班牙船长对他的暗自打算与他对西班牙船长正大光明的安排之间有着"重大的"差异(页166)。事实上,德拉诺的说法值得怀疑。可以肯定的是,他的干涉行为暗示,梅尔维尔在"好心"美国扩张主义者的愉快策略和旧式帝国主义者的"阴险"诡计之间没有看出多大的"区别"。毕竟,宣称为拉美地区带去"政治、宗教和商业自

---

① 德拉诺的《纪事》中只是说切雷诺与德拉诺"衷心的握手"(页324),没有提到贝波。

② 参见《古巴》,页16;《论对外兼并》,页184、187、191。

由",只是空口无凭。

《切雷诺》中的细节暗示,如果梅尔维尔看见美国的帝国主义与通常的帝国主义别无二致,那么,他最可能意识到的是美国对西班牙的模仿。尽管美国的扩张主义者强调与即将被他们取代的西班牙殖民者不同,但实质上他们只是赓续了西班牙人在拉美的未竟事业。① 梅尔维尔强调美国与西班牙的共性,还有另一层更复杂的原因:在1855年,将美国的清教徒与"邪恶的"天主教徒相提并论,会产生惊人效果。事实上,在十九世纪五十年代,美国反天主教的情绪达到高峰。与之相关的是,盎格鲁-萨克森人的自豪感高涨,"本地人"对一切"外来"的东西都表示厌恶。天主教"极权"的教会结构,"威权主义"的管理方式,受到南欧"凯尔特人"的追捧,以及在全世界福音传道的"帝国主义"行径,所以在美国遭到谴责。特别是西班牙的天主教会,因为其臭名昭著的宗教

---

① 许多批评家反对德拉诺象征新世界和切雷诺象征旧世界。只有少数批评家意识到梅尔维尔是想把冉冉升起的美国与日薄西山的西班牙对比。参见 Margaret M. Vanderhaar,《重新审视〈切雷诺〉》(*A Re-Examination of Benito Cereno*),载《美国文学》(*American Literature*),第 40 期,1968,页 179 - 191;Ray B. Browne,《梅尔维尔的人文主义动机》(*Melville's Drive to Humanism*),Lafayette,1971,页 168 - 188;Joyce Adler,《美国的奴隶制与暴力》(*Slavery and Violence in the Americas*),载《科学与社会》(*Science and Society*),第 38 期,1974,页 19 - 48,重刊于 Joyce Adler 的《梅尔维尔的纸上战争》(*War in Melville's Imagination*),New York,1981,页 88 - 110;Paul D. Johnson,《美国的清白与罪孽》(*American Innocence and Guilt*),1975,页 426 - 434;Kermit Vanderbilt,《梅尔维尔的黑人阴谋寓言》(*Melville's Fable of Black Complicity*),载《南方评论》(*Southern Review*),第 12 期,1976,页 311 - 322。根据这些评论家的观点,梅尔维尔相信美国拒绝在新世界取消奴隶制,实质上是在步西班牙的后尘。但只有 Edgar A. Dryden 和 Marvin Fisher 深入研究了梅尔维尔笔下美国和西班牙两种帝国主义的相似性,参见 Dryden,《梅尔维尔的形式主题》(*Melville's Thematics of Form*),Baltimore,1968,页 199 - 209;Fisher,《下行之路》(*Going Under*),页 111 - 113。

法庭,被美国的清教徒重点抨击,因为它代表了"罗马天主教"的"邪恶"学说和实践。① 这些观点并不只局限于宗教狂热分子所有。在1854年和1855年,"无知党"赢得许多州选举和地方选举,甚至包括梅尔维尔出身地马萨诸塞州的重要选举,这足以证明,反天主教已经十分流行。②

梅尔维尔意识到十九世纪中叶美国对天主教的关注,我们从他笔下德拉诺的言语中可以得到证明。德拉诺反复提到住持、修士、托钵僧和教堂。这些都是在梅尔维尔所依据的写作素材中明

---

① 《利马与利马人》特别提到了宗教审判(页608)。Giacinto Achilli 的《宗教审判种种》(Dealing with the Inquisition, New York, 1851)对该活动的滥用有描述。《文学世界》(Literary World, 1851年5月24号,页417)和《哈泼斯新月刊》(Harper's, 1851年6月号,页139)都刊发了该书的简短书评。Sealts 在《梅尔维尔的阅读》(Melville's Reading, 页75)中提到梅尔维尔熟悉《文学世界》这份刊物。美国反天主教会情绪的证据,参见《哈泼斯新月刊》上充满嫉恨的文章《罗马神圣一周》(The Holy Week at Rome),1854年6、7、8月号,分别见页20-32、158-171、317-327;另外参见《我们应该害怕教皇吗?》(Should We Fear the Pope?),载《普特南月刊》,1855年6月号,页650-659。后者可能对《切雷诺》没有影响,因为此时梅尔维尔已经写完了这篇小说。参见 Sealts,《梅尔维尔短篇小说年表:1853-1856》(The Chronology of Melville's Short Fiction, 1853-1856),载《追寻梅尔维尔:1940-1980》(Pursuing Melville, 1940-1980), Madison, 1982, 页231。

② 参见 Ray Allen Billington,《清教徒的圣战:1800-1860》(The Protestant Crusade, 1800-1860), New York, 1938, 页380-436。Billington 指出,马萨诸塞州1854年秋选举出的立法会"几乎是清一色"的"无知党",州长也是"无知党"成员(页412-415)。梅尔维尔对"无知党"很熟悉,可见于小说这个细节,切雷诺与一个西班牙船员之间有"像是有共济会的暗号"(页158)。《普特南月刊》1855年1月上有一篇文章将"无知党"描写成是"共济会"的"秘密"后裔。参见《无知党:秘密社团》(Secret Societies:The Know Nothings),载《普特南月刊》,1855年1月号,页88-97。

显没有的。当德拉诺驾驶小艇快要接近"圣多明尼各号"①之时，他看见这艘鬼影憧憧一样的船只"像暴风雨后屹立在比利牛斯山灰褐色悬崖上的教堂"，船上的人就像"教堂中漫步的托钵黑衣修士"（页113）。后来，在德拉诺看来，切雷诺像是一个"精神恍惚的住持"，贝波"看上去有点像化缘的圣方济各会修士"（页123、136）。在小说中修面一场，室内装饰也有着强烈的宗教色彩，折射出德拉诺对"天主教"的关注：

> 屋子一边有张旧桌，用绳子紧绑在甲板上，桌子角就像足爪，桌上放着一本翻开的圣经，旁边的墙壁上挂着一枚小小的十字架，桌子下面有几把带齿轮的短弯刀，一堆破旧的索具，就像可怜的托钵修士的腰带，中间套着一把鱼叉。屋里还有两把长长的尖首三角帆布椅子，是用马六甲藤条编织的，年深日久，黑乎乎的看上去很不舒服，像是宗教审判用的刑架，带着丑陋的宽扶手，靠背上装有毛糙的叉架，用螺丝钉好，如同严刑逼供的神秘引擎（页197-198）。

这整个场面，尤其是出现了"宗教审判"的说法，都是梅尔维尔添加的。显然，它们也代表着对天主教的"时事"影射，折射出焦虑的美国人在1855年对天主教会的想象。

但是，要理解这些影射中蕴涵的反讽，我们必须更加细致地解读修面这一幕。我认为，这一幕让人迷惑，部分原因是它偏离了我们的期望：尽管梅尔维尔的隐喻性语言暗示"宗教审判"之类的事情正在发生，但西班牙船长切雷诺与其说是宗教法庭的组织

---

① 我认为，梅尔维尔将德拉诺《纪事》中的"特莱奥号"改名为"圣多明尼各号"，部分原因是为了让人联想起西班牙人多明我（St. Domingo de Guzman, 1170-1221）创立并由多明我会主持的宗教法庭。

者,不如说是受害者。更重要的是,尽管贝波是高明的刽子手,但他让出了最重要的审判"席位"。我们也许要问,审判者在哪里?下面我继续引用梅尔维尔对这一幕的描写:

> 贝波停顿片刻,转向德拉诺说,"你们不妨继续聊聊遇到风暴时发生的事情,任何事情都可以;你问,主人听得到,他抽空还能回应"。
> "我正想问风暴的事,切雷诺,"德拉诺说,"我越想你的航程,越觉得奇怪,倒不是对风暴奇怪,我知道它们一定很猛,我奇怪的是风暴后灾难性的耽搁。因为照你的说法,从合恩角到圣玛丽亚岛,已经有两个多月了,这段距离,如果顺风顺水,要是我,几天就可以到。不错,你遇到了无风天气,很长时间,但长达两个月的无风,这至少不太正常。如果其他人这样说,我的确有几分不信"。
> 切雷诺的脸再一次痉挛,也许是吃惊,也许是船身突然抖动,也许是仆人手上的剃刀没有拿稳,不管怎样,鲜血正顺着刀把子滴落(页204–205)。

我们把目光集中在贝波的手上,也许模糊了这个事实,即在梅尔维尔笔下的修面场景中,只有一个提问者,一个审查官,一个真正的"宗教法官",那就是德拉诺。事实上,德拉诺一整天都在忙于"审讯",盘问切雷诺关于"船上悲惨故事的细节"(页129–135、142–145),思考切雷诺的说法(页163–166),用"一个来自巴塞罗那的老船员"的说法(页172–173)与切雷诺后来的说法(194–195)互相质证。在切雷诺修面完成之后,德拉诺继续乐此不疲地追问(页215)。在德拉诺的《纪事》中,他并没有问西班牙船长任何问题,但在梅尔维尔笔下,他不停地盘问,大大加剧了西班牙船长的痛苦。在看到自己唐突的盘问产生的痛苦效果之后,德拉诺评论说,"切雷诺就像被剥了皮的活人……随手一碰,就会哆嗦"(页224)。

　　作为梅尔维尔笔下的宗教法官,德拉诺想知道的不只是历史"细节",他还希望发现道德真相。① 在"圣多明尼各号"上,谁有罪,谁无辜?谁邪恶,谁善良?这些才是德拉诺真正关心的问题。在他的调查过程中,德拉诺得到了宗教审判的基本教训,换言之,道德"答案"难以确定。正如许多批评家指出,梅尔维尔先是强调"圣多明尼各号"的神秘莫测,"雾气隐约遮蔽着它的船体,遥远的晨曦透过船舱,朦胧如流水"。注意"她飘忽的行踪"以及她准备进港时天地间一片灰茫(页111、112、109-110)。后来,梅尔维尔解释了他使用的象征手法,重心在于"圣多明尼各号"上道德世界的晦涩。作为一个勤勉的宗教法官,德拉诺持续不断地努力,想要抵达道德的坚实河床。但是,由于彼此矛盾的证据,他很快就搞不清敌友的线索,最终他居然怀疑,船上所有的人都可能谋杀他。②

　　当然,德拉诺也偶尔抛开了疑虑,做出了道德判断。然而,当他看见切雷诺和他的仆人,看见其他人和发生的事件,他马上陷入了怀疑。梅尔维尔先后描述了德拉诺碰到一个手上因为不断伸进焦油桶而变得漆黑、面容憔悴的西班牙船员,以及前面提到

---

　　① 《切雷诺》完整地再现了宗教审判的模式:以道德审判开始,经过宣誓、法庭证据、宣判,最后以执行判决告终。

　　② 关于梅尔维尔对道德复杂性的关注,参见 Roalie Feltenstein,《梅尔维尔的〈切雷诺〉》(*Melville's "Benito Cereno"*),载《美国文学》(*American Literature*),第19期,1947,页245-255;Fogle,《僧侣与单身汉》(*The Monk and the Bachelor*);Guy A. Cardwell,《梅尔维尔的灰暗故事》(*Melville's Gray Story*);Lowance,《〈切雷诺〉中的面纱与幻觉》(*Veils and Illusion in "Benito Cereno"*);Ruth B. Mandel,《〈切雷诺〉中的两个神秘故事》(*The Two Mystery Stories in "Benito Cereno"*)等。

的那个"目光胆怯,与他久经风霜的面貌很不相称"的巴塞罗那船员。① 德拉诺立刻推断,船员的"黑"手一定是罪恶的象征:"事实上,如果这船上有任何邪恶,"他想,"这个船员肯定难脱干系"(页171-172)。那个显然很紧张、不愿意回答问题的巴塞罗那船员,德拉诺逐磨了一阵工夫之后断定,这人也罪孽缠身。他转身离开时就宣布,"那个老船员明显地表露出美德有亏"(页173-174)。但是,我们后来得知,德拉诺的自信并不能证明他就目光敏锐。手上沾满黑色焦油的船员是受到贝波指令的(页262),他完全无辜,没有任何错。后来出现在掌舵位置的巴塞罗那船员,也是为了活命,才故意在德拉诺面前装出另一副表情(页262)。当他的表情后来发生变化时,他差点死于非命(页221-222、262)。

为什么作为宗教法官的德拉诺常会犯错?部分原因是由于被审判人遭受的精神痛苦,影响了他的判断。梅尔维尔首次提起手上沾满焦油的船员的时候,没有像德拉诺一样做道德评价:"相比之下,他的脸要黑得更为自然,原本很英俊,现在已经很憔悴。这是否与某种罪有联系,还不能确定,因为天气骤变也可能让人十分憔悴。无论有罪还是无辜,广义上,他脸上的憔悴都是精神痛苦打上的明显烙印,是刻削出来的印记。"(页171)换言之,"精神痛苦"的烙印遮蔽了道德或堕落的一切证据。德拉诺没能意识到这点,因此,在"审判"两个船员"案子"的时候,他"执迷"于"一般的观念,当他看见别人的痛苦和羞愧,不是想到美德,而是直接想到邪恶"(页171)。因此,就出现了这么一个问题:对于经常犯错的德拉诺来说,"憔悴"和"羞涩"都是有罪的明证。

德拉诺第二个更麻烦的认知障碍是,他往往被种族偏见牵着鼻子,从而扭曲了他的道德现实观。最明显的是,他错误地相信了白人至上的种族主义,认为贝波等黑人是温顺的种族(页149、

---

① 这两个细节都没有在德拉诺的《纪事》中出现。

200、220),对白人不构成威胁。此外,一种微妙的盎格鲁-萨克森人的自豪感使他愚蠢地怀疑同为白人、但信仰天主教的切雷诺。在德拉诺的《纪事》中,后者处处被尊为"西班牙船长",①但在《切雷诺》中,他只是个"西班牙人"(页120、121、122)。而在德拉诺看来,西班牙人也是一个危险、讨厌的种族。刚刚登上"圣多明尼各号",他就迅速注意到切雷诺这个西班牙人的"俗套""尖酸、忧郁和高傲"(页121、125)。接下来他又害怕"这个病态、敏感的西班牙人会偷偷报复"(页150)。换句话说,这与其说是他对切雷诺一个人的憎恶,不如说是他对整个西班牙民族的敌视。这些细节都大大偏离了德拉诺的《纪事》。② 梅尔维尔在德拉诺的脑海中播下虚幻的恐惧种子,担心自己不仅是贝波等黑人的牺牲品,而且是典型、阽暗的"西班牙人"的牺牲品(页165)。德拉诺对西班牙人的看法与他对"温柔非洲人"的看法一样,都直接来自于他那装满僵化道德人物形象的大口袋。

而且,像《切雷诺》中的许多其他因素一样,德拉诺的偏见具有历史标本的意义。如果说他心目中的黑人形象让人想起某些白人自由主义者在十九世纪五十年代中期散布的黑人意象③,那么,他对切雷诺的怀疑会让人想起一个更传统的偏见:小说中提及的福克斯(Guy Fawkes)④(页188)提醒我们,自从"英国火药阴谋案"(Gunpowder Plot,1605)以来,德拉诺式的对"西班牙人"的

---

① 参见德拉诺的《纪事》,页318、319、320、323 等。
② 《纪事》(页323-324)中的德拉诺船长只对西班牙船长的冷淡和缺乏权威感到吃惊。
③ 参见 Emery 的讨论,《〈切雷诺〉与堕落的人性》(*The Topicality of Depravity in Benito Cereno*),页318-319。
④ [译注]Guy Fawkes(1570-1606),英国天主教徒,曾参加西班牙军队,为英国火药阴谋案的同谋者,在直通国会大厦的地下室里埋置20多桶炸药,阴谋炸死詹姆斯一世,事发被处决。

恐惧一直在盎格鲁-萨克森人的脑海中挥之不去。在描写德拉诺对切雷诺的偏见时,梅尔维尔可能更多地是想到同时代人的例子,因为他将德拉诺踏上"圣多明尼各号"的第一印象比喻成"就像在陌生的大地上初次进入住满陌生房客的陌生房屋",后来,梅尔维尔还提到德拉诺抱怨切雷诺"指挥不当和错误导航"(页117、137-138)。在1854年,《普特南月刊》就节录了一篇旅行见闻,标题就叫《西班牙怪事》,作者在文章中屡屡批评西班牙,比如西班牙的王室统治、西班牙的杀猪习俗、西班牙的公共马车乃至西班牙人吃大蒜的喜好。① 像德拉诺一样,该文作者也对西班牙人的航海术和导航能力表示置疑,举了"在西班牙探险的海途中上千种理由导致的延误事件",抱怨他坐西班牙船只离开马赛之后原本东行到意大利,结果却朝西走到了巴塞罗那。② 最重要的是,作者还特意在文章标题下加了一行字:"首先,关于这个题目,我要解释一下。它们意指外国人完全不能理解、本地人也从来不打算向他们解释的'西班牙怪事'。"③这句话也许解释了梅尔维尔为什么要强调"圣多明尼各号"的"陌生"。这种强调后来得到重复修辞火力的支持。德拉诺说,"这是一艘奇怪的船只,奇怪的航程,奇怪的船客"。他甚至还说,"作为一个民族,这些西班牙人都是些奇怪的东西"(页187、188)。

这些影射虽然有趣,但与《切雷诺》的关系都不大。因为无论德拉诺的身上体现出多么具体的偏见,展示出多么流行的态度,作为道德评论员,他有同样普遍的缺点:他过于急切地谴责自觉羞愧之人;他的固执阻碍了他对真相的洞察。这些缺点也并不具

---

① 参见《西班牙怪事》(*Cosas de Espana*),载《普特南月刊》,1854年5月号,页482-484;6月号,页583-593;7月号,页14-21;11月号,页518-524。作者是 John Milton Mackie,但文章在《普特南月刊》上刊载时是匿名。
② 《西班牙怪事》,载《普特南月刊》,1854年5月号,页482-484。
③ 同上,前揭,页483。

有"更大的"意义,只不过是与西班牙著名的宗教法庭预先就决定谁无辜谁堕落的错误一样。事实上,梅尔维尔使用天主教会意象、"宗教审判"情节以及难免犯错的主人公的根本原因,现在已经昭然若揭。如果说德拉诺是梅尔维尔按照西班牙殖民者的形象精心打造出的美国扩张主义的象征,那么,他也被梅尔维尔创造性地用来暗示,当美国清教徒认为西班牙的天主教会是极端典型的教条帝国主义之时,他们也正卷入精神封闭的圣战。在为他们优越的道德和独特的历史感到自豪时,德拉诺的子孙们正在效仿他们"不道德"的死敌。

这就引出了下一个问题。认识到美国的扩张主义不过是效仿西班牙,毫无新意,梅尔维尔不仅能够标示出其丑陋的特征,而且能够预言其破产的下场。小说中有一处地方,德拉诺碰到一个船员,"像埃及祭司,为阿蒙神庙打上无解之结"。这个船员将结抛到德拉诺的手中,吩咐他"快解开"(页181、182)。① 可以肯定,这个复杂而精巧的结象征着"圣多明尼各号"上纠结的道德困境。毫不奇怪,这场考验难倒了智力平平的德拉诺。但这结也让我们想起马其顿国王亚历山大大帝在开始军事征伐之前拜访阿蒙神庙的故事。在那里,亚历山大看见了戈尔迪结。按神谕,只有入主亚洲者才能解开它。亚历山大没有多言,一剑就把这结斩断,然后大步踏上征服道路。照此来看,梅尔维尔提供给德拉诺的结并不只是象征道德的复杂性。它还暗示,德拉诺在十九世纪中叶的子孙们不但开始了新的"宗教审判",而且开始了"亚历山大式"的征服世界之路。更重要的是,它进一步暗示了这条路很可能是死路,因为糊里糊涂的德拉诺非但无法解开或斩断手中的戈尔迪结,最后还只能交给一个年老的黑人。后者检查了一番之后,然后将结丢在甲板上,再也没有人理会(页183)。显然,美国船长不

---

① 德拉诺的《纪事》中没有出现这个细节。

会是另一个亚历山大,同样,美帝国主义的前途也不会光明。

为什么不会呢?当然,提倡天命观的美国人充满自信,在"虚弱"的凯尔特人失败的地方,"强壮"的盎格鲁－萨克森人必将取得胜利,正如"强壮"的德拉诺会庇护"虚弱"的切雷诺。然而,将西班牙船长比喻成"在鼠疫过后的伦敦街头踯躅的失意求婚者"和"怯懦的英格兰国王"詹姆斯一世(页137、206),梅尔维尔颠覆了盎格鲁－萨克森人的事业。这些比喻暗示,盎格鲁－萨克森人一样也会"虚弱",因为虚弱与其说是种族的问题,不如说是个体和环境的问题。最终,德拉诺发现,切雷诺的"虚弱"不是与他的种族相关,而是因为他几周以来精神高度紧张,生命随时受到威胁。德拉诺的发现还具有历史意义:梅尔维尔提到了"退位"的查理五世(页126),从而将对切雷诺的分析延伸到对"虚弱"西班牙的分析。到了1855年,西班牙不是因为种族衰退而受罪,而是为了天主教事业,长期却徒劳地想要征服世界,结果是疲惫痛苦不堪。换句话说,如果1855年的西班牙像切雷诺一样"摇摇欲坠",那主要是因为历史境遇使然。这样的历史境遇可能会"磨倒"任何国家,美国也不例外,也会有感到"疲惫"的那一天。

十九世纪中叶的美国人感觉到有能力结束古巴、墨西哥和其他邻国的"无政府状态的乱政",但他们没有理解到其中牵涉的道德困境和治理困境。正是这些困境最终让西班牙"筋疲力尽"。建立"秩序"的一大障碍是人性的弱点,是人人皆会犯错的铁律。西班牙的天主教会(尤其是宗教法庭)拼命想跨越这道障碍,但还是竹篮打水,劳而无功。德拉诺认为,西班牙船上的混乱是由于船长的指挥乏力,然而,读完切雷诺的证词,我们的结论是,更需谴责的是人类的兽性:长期以来,白人利用邪恶的奴隶制度对黑人进行统治,现在,黑人只不过以同样野蛮的方式以牙还牙。梅尔维尔明显认为,一个民族以为自己能够"统治"人类中大多数"冥顽不化、腐朽堕落"的其他民族,必然是无可救药的天真。他也明显相信,美国人忽视了在"拯救"拉美的进程中将遇到的社会和经济障碍,因为他告诉读者,"圣多明尼各号"上的生活状况是甲板上混乱的另一个原因,比如,饥渴加剧了黑人的骚乱情绪(页251)。梅尔维尔在小说中早就说过,"无论是陆军还是海军,城市还是家庭,自然界还是社会,再没有什么比苦难更能腐蚀良好秩序的了"(页122)。这句话包含的真理,值得一个欢快地为拉美"受苦受难"的大众"安排"事务的美国人深思。在总结自己的遭遇时,切雷诺最终坚持认为,他的"许多命令和安排,没有得到贯彻,是因为诸事一切不顺"(页199)。也就是说,这艘西班牙船只混乱失序,错不在于他作为船长能力不强,而在于这艘船只的遭遇,才落下了一个可怕、野蛮、痛苦的场景。梅尔维尔想给读者什么样的信息呢?也许,他是想说,西班牙帝国在拉美殖民地的破败景象,西班牙不应该负主要负责。而且,一个无忧无虑、漫不经心的美国,决心要去"稳定"西半球的局势,多么让人惊诧莫名。

对于梅尔维尔的沮丧预言,美国的扩张主义者应该会反戈一击。他们自信地认为,作为"蒙上帝挑选、灵魂永远得救"的美国人,无论是否"强壮",必将超越敌基督信徒的事业。因为,正如德拉诺认为他是受到"上帝"的庇佑(页184),十九世纪的许多美国人也感觉到自己是"上帝的选民"。正是上帝对他们信奉清教的祖先特别友爱,才让他们建立了道德和政治的霸权,统治地球上的人类。从种族的角度解释了美国人为什么是"上帝的选民",《论对外兼并》一文的作者宣布,"比政治智慧还深、比国家的权杖还有力的人类灵魂中的本能,驱使我们不断前进,直到完成天意明显为我们民族指定的最高使命"。[①]

在《切雷诺》中,梅尔维尔反复以西班牙为例,挑战这种"天命观"的真实性。他特别要求同胞想一想,西班牙的天主教会对于

[①] 《论对外兼并》,页191。

他们的天命也一度有着出奇坚定的信念,但这信念明显错位了。切雷诺的证词提到了一颗珠宝(这也是德拉诺的《纪事》中没有的细节),据说是在被美国船员攻打"圣多明尼各号"时误杀的乔奎恩身上找到的。乔奎恩准备把这颗珠宝献给利马仁慈女神,因此事前就封好,一旦顺利抵达利马,就用来还愿,感激仁慈女神保佑他从西班牙平安过海,一路顺风(页263)。但是,像"在祷告中"溺亡的罗伯斯一样,天主的"圣恩"似乎将他抛弃,就像"圣恩"也抛弃了西班牙的天主教徒,他们眼睁睁地看着他们建立起的道德和政治的大厦在十八到十九世纪崩塌。梅尔维尔还暗示,历史也许会重演,这次即将倒霉的就是过于自信的美国。正如梅尔维尔在最后一场对话中揭示,德拉诺的子孙们虽然用"天命"取代了乔奎恩的"仁慈女神"(页266),但他们同样都浅薄地认为得到了神灵的眷顾。1855年的美国人无论觉得多么有福,但福佑终结的那一天,总有可能来临。

当自鸣得意的美国将自己看成是上帝的选民,以取代西班牙这样一个被落后的天主教会折磨的虚弱民族时,梅尔维尔却把西班牙充满灾难的历史当成美国未来的明显征兆。当美国人自认为赶上历史潮流冲向一个道德和政治的太平盛世之时,梅尔维尔指出,他们只会可悲地重蹈历史。《古巴》一文的作者在结尾欢庆"人类决定性的进步",欢庆美国在推进这一历史进步中的典范作用:

> 采取征服的方式来扩张帝国,很快将让位于新的兼并法则。各国间将有不可压抑的联合渴望。这样的渴望现在正激励这块大陆上各国大量民众变成我们伟大合众国不可分割的一部分。未来的历史将表明,会以越来越快的方式实施兼并法则,直到世界完全联合,进入相互沟通、利益共享、希望合一、同舟共济的轨道。当地球上所有的民族成为一个民

族的时候,这天意安排的终极胜利,就迎来了曙光。①

对于这个作者而言,美国朝加勒比海地区扩张,只是人类在建立政治乌托邦的前进道路上必不可少的一环。他代表了梅尔维尔同时代人面向未来的乐观主义,他们与德拉诺一样,选择"遗忘"(页267)问题重重的过去,认为过去完全与光明的未来没有关系。但是,梅尔维尔认为,人类历史的进程与其说是愉快的"进步",不如说是残酷的重复。对他来说,"过去、现在、将来似乎融合在一起"(页236)。"追随你的领袖",阿兰达的白骨在对美国侵略者私语(页239)。"追随你的领袖",德拉诺的大副以同样的话语高呼(页244)。梅尔维尔的同胞也许会认为他们的道德比西班牙人优越,但是,梅尔维尔看穿了美国人的动机和手段,明白其中帝国主义的相似性。美国人也许会认为不会重蹈西班牙的覆辙,但梅尔维尔只看见一个美国的"天命",那就是,追随西班牙,最终加入过往被上帝遗弃的民族行列。

在1849年出版的小说《玛迪》中,梅尔维尔同样教导了过分自信的美国。只不过他把自己的观点伪装成一个匿名小册子作家的观点:

> 在那些喧嚣的岁月里,历史的教训差不多全被抛弃,似乎被现在的经验取代。玛迪的现在完全来自于他的过去,但人们不大时兴提他的过去。不管怎么说,毫无疑问,过去是先知。
>
> 君主啊,这个时代最大的错误,就是大家都认为,这个特别的魔鬼现在就在船上。而且,自从玛迪开始,这个特别的魔鬼就一直在船上。

---

① 《古巴》,页16。

> 君主啊,你国家最大的错误,似乎就是这样说:玛迪现在处于戏剧最后一场最后一幕;先前一切事件注定要带来你相信即将来临的灾难——普世永恒的合众国。
>
> 但愿会让你高兴,相信这些话的人是傻瓜,不是聪明人。
>
> 时间是由不同的时代组成,每个人都认为自己的时代是个新时代。但人们发现,那些在人类有史记录之前就存在的金字塔石雕,属于更古老的时间织体。①

通过描绘付出巨大教训的德拉诺,《切雷诺》提出了类似的观点。它抛弃了太平盛世的乐观主义,揭露了同时代美国人"最大的错误"和美国历史中永恒存在的"魔鬼"。以强烈的时事性和深沉的政治性,《切雷诺》对天命观的基本前提发起了猛烈的攻击。与梅尔维尔其他"最伟大的"作品一样,它深刻地意识到过去、现在和将来融合在一起,具有永恒的悲剧魅力。

---

① 《玛迪》(*Mardi*),页 524–525。

《切雷诺》与话语的命运①

李(Maurice S Lee)

梅尔维尔一直受到越界可能的诱引。批评家追溯他的创作生涯时,总是带着这个疑问:他怎么言说不可能言说之物? 每个人所指的"不可言说之物"可能会不同,因为上帝、社会和语言系统全都具有绞杀一个人话语的潜力。据说,梅尔维尔与每个人都在争执。他就像是渎神者、叛徒和解构主义先驱。在这里,我感兴趣的是言说了不可言说之政治的激进梅尔维尔。这样一个梅尔维尔始于写作《泰比》(*Typee*,1846)。在这部小说中,他明确批判了基督教的布道,从此与他所在的文化交恶。此后,他一再与禁忌调情,对于激烈的批评总是反唇相讥。他变成一个神秘的作家,作品日渐个人化、充满痛苦,最终堕入晦涩、含混、面具和沉默。对于这条"下行"之路,道格拉斯(Ann Douglas)、卡切尔(Carolyn Karcher)、罗金(Michael Paul Rogin)等人已经有不同的政治解读,但是,我还是想提供两种不同的看法,它们都与梅尔维尔

---

① [译按]编译自《美国文学》(*American Literature*, Vol. 72, Number 3, September 2000)。标题原为 *Melville's Subversive Political Philosophy*: "*Benito Cereno*" *and The Fate of Speech*。为与本书体例统一,对原文注释进行了压缩和重新编排。

1855年发表的伟大短篇小说《切雷诺》密切相关。①

首先,梅尔维尔发表在杂志上的短篇小说并不是其悲剧性创作生涯的最终逃逸。因为在《白鲸》(*Moby-Dick*)(1851)遭受冷遇之后,梅尔维尔并没有放弃美国,而且,这个重新修订了《泰比》的作家也没有一步一步、以牙还牙地滑向《皮埃尔》(*Pierre*,1852)和《骗子的化装表演》(*The Confidence-Man*,1856)中的自毁、玄奥、沉寂。批评界一直存在一种倾向,将创作生涯后期的梅尔维尔从他所在的文化氛围中彻底剥离——比如,忘记了《白鲸》并不是完全被误解;忽略了梅尔维尔一度希望靠《皮埃尔》来牟利和取悦读者的证据;将《骗子的化装表演》的结尾读解成放弃小说创作、充满反讽的回马枪;忽视了《伊斯雷尔》(*Israel Potter*,1855)和《战斗诗篇》(*Battle-Pieces*,1866)是叩问美国意义的文本。梅尔维尔的短篇小说的确不够乐观向上,但也不是随便为哪个读者而写。它也没有放弃民主这样一个值得认真谈论的话题。表面上,《切雷诺》有点像是一把没有钥匙、值得怀疑的锁,但它还是努力参与甚或"解决"那个时代最大的政治困局。②

---

① Ann Douglas,《阴性化的美国文化》(*The Feminization of American Culture*,New York,1977),页289-326;Carolyn L. Karcher,《应许之地的阴影》(*Shadow Over the Promised Land:Slavery,Race,and Violence in Melville's America*,Baton Rouge,1980);Michael Paul Rogin,《颠覆的谱系》(*Subversive Genealogy:The Politics and Art of Herman Melville*,New York,1979);另外参见 Toni Morrison,《没有言说的不可言说之物》(*Unspeakable Things Unspoken*),载《密歇根评论季刊》(*Michigan Quarterly Review* 28),1989冬季号,页1-34。

② Marvin Fisher 对梅尔维尔发表在杂志上的短篇小说提供了连续性的政治解读,参《下行之路》(*Going Under:Melville's Short Fiction and the American 1850s*,Baton Rouge,1977)。关于梅尔维尔短篇小说在其整个创作生涯的地位,参见 Merton M. Sealts Jr.《历史札记》(*Historical Notes*),Harrison Hayford,Alma A. MacDougall,G. Thomas Tanselle 等编,载《梅尔维尔作品集》(*The Writings of Herman Melville*),Evanston and Chicago,1987,卷9,页457-533。

其次,将梅尔维尔的短篇小说当成是具有颠覆性的政治作品,本身存在着一些问题。在这里,"颠覆"(subversive)不仅意味着与主流意识形态唱反调,而且意味着使用狡猾的叙事手法和声音挑衅公共政治精神。在此意义上,一个文本越具有颠覆性,也就越缺乏政治性。由于言说的困难,隐蔽的激进主义也就悄悄地顺着"滑坡"落入绝望的唯我论调。我们应该将《切雷诺》中的政治放在连接激进主义和唯我论之间的这段"滑坡"上,放在"圣多明尼各号"的隐喻和故事不可知道的沉默之间的某个地方,放在梅尔维尔敏锐的社会批评和他刺穿政治的欲望之间的某个地方。要恰到好处做到这点,我们必须像梅尔维尔一样,密切注意读者的潜在反应,因为具有颠覆性的政治作品必须若隐若现。一方面,它们必须欺骗占据压制性的主流文化,另一方面,它们要将不可言说的东西传递给某个人。它们必须想象出一个生活在险恶政治世界中的友好而敏感的听者。

接下来,我将论证,《切雷诺》的主题是"关于"政治话语的失败——这是梅尔维尔时代美国的一个关键问题。政治话语的失败不但对梅尔维尔"讲真话的伟大艺术"构成了挑战,[①]而且是马基雅维里(Machiavelli)和霍布斯(Hobbes)的政治哲学理论中不可避免的特征。他们阴郁的思想暗中侵蚀了美国共和主义的原理。

一

在梅尔维尔的作品中,《切雷诺》吸引的政治分析最多,因为它明确涉及奴隶制和种族问题。但是,在重构了文本中不同的话

---

① Herman Melville,《霍桑与他的古屋青苔》(*Hawthorne and His Mosses*, 1850),载《广场故事集》(*The Piazza Tales and Other Prose Pieces*),页 244。

语层面、厘清了文本中无数的典故之后,过去五十年间,出现了许多不同的政治解读。梅尔维尔到底是种族主义者还是多元文化主义者？他到底是激进还是因为恐惧而保守？他最终提出了明确的政治策略还是故意在云遮雾罩？如今,学界已经提供了有力证据,让我们有把握地说,梅尔维尔对奴隶制的争论并没有清晰地暗示他自己的立场,他的社会关怀也不只是局限在奴隶制问题上。对于熟悉梅尔维尔的读者来说,这毫不奇怪,因为他的神秘往往掩饰了新的神秘。正如在《切雷诺》的高潮部分,西班牙船长跳进德拉诺的小艇"漫游者"(Rover),贝波紧随其后追来,他手中的匕首亮明了"圣多明尼各号"的公然反叛。在此,过去、现在和未来似乎凝固在一起。梅尔维尔的预示产生了奇妙的感觉,许多批评家非常重视这一刻"神启"。① 毕竟它栩栩如生地解释了许多东西。德拉诺的右脚踩在匍匐在船中的黑人身上,左手抓住即将晕倒的切雷诺,"右手划着后桨,眼睛紧盯前方,嘴里鼓励船员,用尽全力,加快速度"。但是,这样的特写遮蔽了一个重要的反讽：这不是德国艺术家柳特兹(Emanuel Leutze)的油画《华盛顿横渡特拉华河》(*Washington Crossing the Delaware*, 1851),不是一个坚强自信的自由战士挺立在船头。梅尔维尔充分影射了新世界与旧时代的瓜葛。小艇上这一幕象征着一个正与奴隶制度做斗争的国家。② 德拉诺站在船尾,背后是"圣多明尼各号"所代表的过去,恐惧、慌乱甚至可笑地将他这艘失序的船只划进他难以预料的未来。

这的确是一个令人吃惊的段落,写得非常精彩,相比之下,接下来二十页篇幅看起来像是反高潮或过于冗长的结尾。对于西

---

① Herman Melville,《切雷诺》(*Benito Cereno*, 1855),载《广场故事集》,页98、99。

② 特别参见 Yellin,《黑面具》(*Black Masks*);以及 Sundquist,《唤醒民族》(*To Wake the Nations*)。

班牙船只是如何重新夺回的补充叙述,梅尔维尔没有继续使用德拉诺游移的视角,而是采用了切雷诺长达十多页的详细证词。在结束小说之前,还添加了几页结果说明。梅尔维尔可能感觉到读者会觉得有些冗长,所以在小说中干脆承认,故事结构有点失衡。柯蒂斯(George William Curtis)读完梅尔维尔投给《普特南月刊》的小说文稿之后,率先道出了许多形式主义批评家的观点:"非常遗憾,梅尔维尔没有把情节组合成一个连贯的故事,"因为"结尾部分枯燥的证词"使情节"有点支离破碎",足以引起读者哀叹,"我的上帝,美国人为什么就写不出好小说?"①他认为,只需要编辑润色几笔,这个故事原本可以用叛乱失败来结尾,不需要语调的转换和强行的穿插,不需要叙事的重复和时间的跳跃,一切秘密都可以解释,一切冲突都能够解决。

但是,梅尔维尔将费迪逊(George M. Frederickson)所谓"白人心目中的黑人形象"(The Black Image in the White Mind)进一步戏剧化,因为大多数对《切雷诺》的挑衅性解读将其视为"关于话语的话语",发现故事的政治高潮或许正在于我们预期的地方,即故事结尾。② 这个高潮不是先前那样的人体造型艺术画面。在这个场景中,德拉诺与切雷诺做最后一次交流。看着切雷诺悲观绝望的样子,德拉诺竭力希望他从中解脱出来,"过去的就让它过去……忘了吧"。"你得救了,"他继续问,"你还怕什么?"切雷诺回答道,"黑人"。那天的谈话就此结束。在接下来的段落中,梅尔维尔揭示了小说中最后一个角色的命运:至于"贝波……一声

---

① 1855年4月19日、7月31日G. W. Curtis致J. H. Dix信,载Jay Leyda,《梅尔维尔日志》(*Melville Log*),卷2,New York,1951,页500–501、504。

② James Kavanagh,《那个充满奥秘的蜂巢》(*That Hive of Subtlety*),载《意识形态与美国文学经典》(*Ideology and Classic American Literature*),Sacvan Bercovitch & Myra Jehlen编,Cambridge,1986,页357;另参Sundquist,《唤醒民族》。

没吭","在沉默中死去"。但是,这种沉默蕴涵丰富。从中,我们不但能够听到被压迫者的绝望,听到种族主义者对话语的抹杀,还能听到一些更敏感的思想,如沉默的政治和开放性的结尾叙事。① 这种沉默也指向了政治话语的状态。我们不妨把"圣多明尼各号"看成是一个社会,这个社会正面临难言之隐。它是对美国内战前夕的影射,在那时,关于奴隶制的争论经常被抢先压制、曲解。

1853年,道格拉斯(Frederick Douglass)指责支持奴隶制的人的"核心任务"就是"压制所有反奴言论"。② 废奴主义者寻找到了言论自由这个突破口。梅尔维尔敏锐地意识到这一点。但是,与此同时,废奴主义者和黑奴不是唯一遭受压制的对象,我们也不能只责备支持奴隶制的人为"圣多明尼各号"上的沉默状态负责。毕竟,在这艘西班牙船上,负责"监管"的是那几个黑人老头,缺乏"话语权"的是切雷诺。不过,"圣多明尼各号"上的恐惧措施,如斧头、毒药、颠倒的等级关系,与一个南方种植园并无二致,都有效地压制了言论。德拉诺一点点暗示,直到我们看明白,这个呆笨的善良船长,并非只是中了种族主义之毒,他轻易陷入误解,使他在追求"额外"的商业计划时心情会更轻松。而且,德拉诺还暗示,支持奴隶制度的力量注定要失败,他可悲地误解了这场他想解决的政治危机,最终很不明智地径直走向了致命的、煽动性的话语边缘。因此,梅尔维尔好像既在嘲讽废奴主义者,也在讥刺如同吃了火药一样的支持奴隶制的人。也许,他更倾向于附和韦伯斯特(Daniel Webster)、克雷(Henry Clay)和其他支持妥

---

① 关于沉默和政治的最好讨论,包括 Kavanagh,《那个充满奥秘的蜂巢》;Sundquist,《唤醒民族》;以及 Yellin,《黑面具》。
② 道格拉斯,《束缚与自由》(*My Bondage and My Freedom*, 1855),载《道格拉斯自传》(*Frederick Douglass: Autobiographies*, New York, 1994),页440。

协之人的折衷主张:美国需要的是在理性之光下的慎重磋商。

然而,当切雷诺、德拉诺和(某种程度上的)贝波都有了言论"自由",当他们三人都在小艇"漫游者"中各就其位,构成一幅活人造型的时候,事情会怎样呢?德拉诺将朋友切雷诺误认为是恶人;贝波在无言地挣扎;切雷诺"茫然后缩""胡言乱语",除了一个葡萄牙船员外,没有一个人知道他在说什么。即便后来在回利马途中的"快乐单身汉号"上,德拉诺和切雷诺"像兄弟一样"推心置腹地交谈,像胜利者一样重温过去的经历,这时依然缺乏真正的交流。"你看,明媚的太阳已经忘记了一切",具有模糊超验精神、一心朝前看的德拉诺感叹道。切雷诺沮丧地回答,"因为它们没有记忆"。他放不下过去的念想,阿兰达的阴魂不散。对于幸运获救,德拉诺这个清教徒将之归于上帝的恩典,因此他惊问,"你得救了。你还怕什么?""黑人。"切雷诺简短的回答表明,在奴役横行的世界里,没有德拉诺所说的恩典。他们讲的是不同的话语,哪怕他们使用的是同一种语言。难怪德拉诺之前会惊叹,"我们是多么不同!"他一定会赞叹卡尔霍恩(John Calhoun)的看法:"很难看见两类如此不同的人……能够在同一个合众国中共存。"①

1855年,美国北方人和南方人喜欢使用不同的词典,阅读不同的教材,大致分成两个文学市场,关于奴隶制的"对话"进入了新的阶段,最有兴趣的政治话题是,这场看起来无休止重复的争论什么时候结束,直接在战场上兵戎相见。在《切雷诺》中,梅尔维尔预言,话语解决不了派系冲突。无论是被误译、忽视还是压制,话语最终会走向行动。这是贝波之死的黑色预言。相比于大

---

① 1850年3月10日John C. Calhoun致Thomas G. Clemson信,载《卡尔霍恩书信集》(*Correspondence of John C. Calhoun*), J. Franklin Jameson编, Washington, D. C., 1900,页784。

多数美国人,梅尔维尔更明确指出,美国南北两方都深陷派系的误解。当贝波证明了道格拉斯的指控:"你们(美国白人)闭上了我们的嘴巴,然后问我们为什么不说话。"①他也注意到黑人的困境。我们甚至可以说,《切雷诺》预料到了关于美国内战史的修正解读,谴责的不是伦理和奴隶制经济,而是两种不同的文化没有心平气和地谈论分歧。

如果切雷诺的"圣多明尼各号"代表着美国南方,德拉诺的"快乐的单身汉号"代表着美国北方,那么,在这两艘船之间穿针引线的小艇"漫游者"是不是就代表着边陲的某个州或哥伦比亚特区?考虑到小说中的草原意象,我们不妨说它就像是在硝烟四起、流血冲突不断的堪萨斯州。更可能的是,当切雷诺声称对于叛乱"无知",我们不妨回忆起北方政治话语对于密谋的沉默。1854年,"无知党"(Know-Nothings)发起了一场爱默森所说的"革命",他们秘密结社,散布"关于枪支、毒药和屠杀的荒谬流言"。②梅尔维尔知道,寓言会助长偏执妄想,因为像德拉诺一样的焦虑读者只要看见经过加固的剑鞘,就会把一场奴隶叛变误解成神秘的恶行。《切雷诺》吸引了爱好寓言之人。锁、结、面具、活人造型,读到这些东西,亲爱的批评家,只要你愿意,都能建构出一篇篇雄文。但是,你要求你的寓言承载的重量越多,寓言的帝国就会越不稳定。也许,《白鲸》中的亚哈(Ahab)船长学会了这个

---

① 道格拉斯,《教会与偏见》(The Church and Prejudice, 1841),载《道格拉斯的生活与作品》(The Life and Writings of Frederick Douglass), Philip S. Foner 编, New York, 1950,卷1,页104。

② Ralph Waldo Emerson,《关于奴隶制度的演讲》(Lecture on Slavery, 1855),载《爱默生反奴作品集》(Emerson's Antislavery Writings), Len Gougeon & Joel Myerson 编, New Haven, 1995,页96;《波士顿每日广告》(The Boston Daily Advertise), 1854年8月15日,转引自 John R. Mulkern,《马萨诸塞州的无知党》(The Know-Nothing Party in Massachusetts, Boston, 1990),页72。

教训。作为《切雷诺》的读者,我们应该知道,尽管小说用寓言的形式表现了不同政治派别间的误解,但这些政治派别毕竟也是虚构。他们也是问题的一部分。与特纳(Nat Turner)和汤姆叔叔(Uncle Tom)一样,贝波证明了黑人原型的虚假。正如"严酷的主人"切雷诺是病态的哈姆雷特,德拉诺糅合了多种美国北方人类型,成为一个虔诚的理想主义者。小说中有太多的隐喻,太多的影射,以至于不能确定各个人物在现实政治中的对应。就此而言,小说的意义既淹没在话语的洪流中,也陷入沉默的深渊。虽然可以肯定,梅尔维尔提出了奴隶制问题和言论自由问题,但是,他过剩的政治人物类型迫使我们超越美国内战前的种种问题,关心更令人沮丧的、最终也更普遍的政治话语破产的问题。

二

且让我们简要回顾一下故事的开头,带着柯蒂斯对《切雷诺》"不是一个连贯故事"的抱怨,检视叙事和权力的关系。当"发号施令"的德拉诺船长登上"圣多明尼各号",他听到"用一种语言、像一个声音"在"倾诉同样的不幸遭遇"。由于"令人烦躁的嘈杂人声",他忽略了"不那么明显"的声音。当然,这是德拉诺的不足。尽管他自称是公平的共和党人,但他认为一个"兄弟船长"能够告诉他"全部的故事"。直到西班牙船上的斧头"咣当"响成一片时,他那充满等级观念的头脑还在猜测,这是切雷诺在假装引诱。我们知道,切雷诺实际上是"空头船长"。我们也许会将他的欺骗归因于贝波的阴谋。正如切雷诺在证词中说,贝波是"叛乱的罪魁祸首"。这句话指向了"圣多明尼各号"船身上写下的文字:"追随你的领袖。"

但是,我们不应该太快地将贝波放在主事者的位置。小说中的一个潜文本暗示,贝波的领袖地位并不是像法庭(和某些批评家)所认定的那么肯定。当德拉诺带着所谓的"好心、威严"地分配生活用品时,他那随意的、"一半是讥笑、一半是威胁的姿态"几乎引发第二次叛乱。这时,是填絮的几个老黑人"跳进人群""强行分开白人和黑人",用"手势"向他们示意靠后,才平息了紧张局面。像德拉诺的"讥笑"一样,他们的"手势"也预示着身体的暴力。这几个老黑人和船上的几个中年黑大汉是贝波指定的权威。在德拉诺的建议下,最好的那部分食品留下来供切雷诺在房舱餐桌上享用。我们不妨想,一些无名无姓的黑奴会不会感觉受到了一点排斥,甚至会像伊斯雷尔一样觉得挨饿,受了剥夺。我们知道,梅尔维尔改变了德拉诺船长的《纪事》,创造出一个更具主宰性、更邪恶的贝波。但是,即使小说中的利马总督法庭列举了在他"指令"之下的罪行,依然有一些例子表明贝波不能控制的地方。在那些地方,是"许多黑人"在犯罪,是"黑女人发挥了最大的作用"。一个具有怀疑精神的读者可能会狐疑,一个孤独、瘦小的塞内加尔奴隶怎么可能极力说服当过酋长的阿图法尔、那六个磨斧的黑大汉以及一群"骚动的""叛逆的"、绝望的乌合之众,让他们相信他是领袖,需要追随他回他的家乡,而不是回他们的家乡。① 换句话说,好斗的阿散蒂人和睿智的老黑人要不断地控制白人和黑人"卒子",这表明,贝波这个"元凶"至少与把船只留给当过海盗的大副,并不信任手下人马的德拉诺船长一样烦恼。

当然,德拉诺在向"圣多明尼各号"上的船员"发号施令"之时表示出明显的同情。这个具有帝国主义心态的美国船长太得

---

① Gavin Jones 讨论了非洲黑人叛乱的不同方式,参见《关于沉默的幽思》(*Dusky Comments of Silence*),载《短篇小说研究》(*Studies in Short Fiction*),第 32 期,1995 年冬季号,页 39 – 50。

意,没有得到切雷诺的好感。但是,贝波突然"忠实地重复他的指令",行使起"黑人船长的角色"。梅尔维尔似乎在向真正的领袖点头称许,然而,继之而来的是眨眼。因为正当贝波看来要真正掌权的时候,德拉诺突然想到"谁在掌舵"这个问题。他走到船尾,看到了另一幅活体造型:一个经验丰富的"船员"抓住"舵柄头",每片滑轮后面都站着两个黑人做帮手托重量。因此,在德拉诺取代了切雷诺、接下来贝波又取代了德拉诺之后,梅尔维尔再次要求我们追随另一个领袖,注意!如果说有任何人在驾驶"圣多明尼各号",那不是任何某个人,而是站在滑轮后的两个无名无姓的黑奴,一个衣服破烂、经验丰富的船员,以及乘风牵引吊索和拉索的男人和女人。

　　梅尔维尔颠覆三位船长的命令,意图何在?他再次让读者陷入德拉诺一样的盲目状态,因为我们过于强烈地专注于贝波的作用,以至于忽略了其他不那么突出的叛乱黑人。直到切雷诺最后说的那句话"黑人",我们才如梦惊醒,"黑人"的阴影笼罩在小说中的每个角落。我们也同意,将贝波放在"元凶"的位置,的确也是一个不公正的判决。这些充当证人的白人宣称对"圣多明尼各号"上的黑奴有所有权,只要贝波负的责任越多,其他黑人活下来被卖为奴的可能性就越大。梅尔维尔一语双关点穿了这层关系。通过挑战这些领袖的命令,梅尔维尔不仅进一步揭示了黑人、北方美国人和南方美国人分类的不可靠,而且暗示我们在前置的三种类型之后应该追求另一个故事,一个共同的故事,一个不妨称为"圣多明尼各号"上人民历史的故事。

　　当切雷诺跳进"漫游者"时,"三个船员从不同的方位扑通跳进大海",他们也放弃了"圣多明尼各号",暗示着同时起作用的另类叙述的在场与缺席。在美国船员重新夺回"圣多明尼各号"的过程中,我们摆脱了德拉诺压迫性的视角,这时候似乎最有可能进入这些另类底层叙事。但是,这场战斗很像《伊斯雷尔》中"塞拉普斯号"大战"理查德号",因为"对方朦胧地发着光,很难看清"。① 先前,透过德拉诺的眼光,这些叛变的非洲黑人被描述为狗、绵羊、鹿、豹子、乌鸦、蝙蝠,而白人水手被比喻成绵羊、狐狸、半人半马怪兽和熊。夺回西班牙船只的战斗与动物之间的战斗没有两样。因为白人船员就像"剑鱼在水下朝一群墨鱼突然发动攻击"。而在梅尔维尔充满反讽、意味深长的比喻中,那些"墨鱼"一样的黑人立刻像"一群狼",吐着"猩红的舌头"。随着大副一声叫喊,"追随你的领袖",白人船员立即拧成一股绳,像一个人一样。我们或许意识到梅尔维尔正添加诗意,用攻击者的"欢呼声"来推进叙事,直到我们看见,他们像奴隶主挥着"赶大车的鞭子"一样挥舞着手中的剑,注意到在他们胜利的辉煌时刻,"没有说一个字"。

在小说中,梅尔维尔将叛乱的黑人比喻成天主教会圣多明尼派的宗教法官,将美国白人水手比喻成"一只脚跨过船舷、另一只脚悬空"的骑兵,这让我们也想起弥尔顿在《论出版自由》中的描写:

> 他们[议会]将……宗教法庭中圣多明尼各派气味最浓的制度加在我们头上,并且已经把一只脚插进马鞍里,跃跃欲试地想推动这种压制,那么我们首先压制那些压制者,这就不能算是不公道的回敬了。他们虽然在不久以前吃了不少苦头,但没有怎么吸取教训,一旦飞黄腾达之后就趾高气扬起来了。②

---

① Herman Melville,《伊斯雷尔》(*Israel Potter*, New York, 1984),页564。
② John Milton,《论出版自由》(*Areopagitica*, 1644),载《弥尔顿文选》(*John Milton: Selected Prose*),C. A. Patrides 编,Columbia,1985,页246。

像英国议会一样,《切雷诺》中的白人船员也没有从他们艰苦的经历中汲取教训,获得长进。或者,像梅尔维尔在《玛迪》(1849)中写道:"仇视压迫者的人,现在也变成了压迫者。"①因此,"追随你的领袖",这声呼喊在重新夺取西班牙船只的血腥战斗中邪恶地绕了一圈。梅尔维尔暗示,在小说中,无论是船员,还是几个船长,都深陷错误的视角;无论是革命,还是反革命,最终都以暴力压制言辞而结束;政治分歧最终消除了任何真实故事,无论这故事是"一般的"还是"总体的",也无论是谁在主导这故事。

同样,接下来的法律档案也在假装客观。像柯蒂斯一样,我们也许认为它们"有点像编造"。梅尔维尔自己似乎也对这批材料不耐烦。他剪辑了名录,抽取出部分材料,重新叙述了"漫长而头痛的海上行程",最后几乎是以抱怨的口气说:"这就是切雷诺的证词。"至此,我们或许只会感叹一声"啊!谢天谢地,终于结束了",根本不太会想这是一个具有连贯戏剧性的故事。现实生活中的德拉诺船长在他写的《纪事》中就担心过这种反应:"有些读者也许会认为,我有时候太纠缠于细节……但我认为,这些东西对于道德和人性是有价值的。"②我们的德拉诺船长并不是特别道德,这是梅尔维尔津津乐道的一个反讽。但经过省略和伪造的《切雷诺》——在动过手术的法庭档案中尤其明显——事实上冷落了德拉诺虚伪、烦琐的细节。由于缺乏连续的人物形象塑造,故事中小人物的心理完全不为人知。他们不但被德拉诺的视野排除,被贝波的影子遮蔽,还被梅尔维尔书写的冗长法庭证词掩

---

① Herman Melville,《玛迪》(*Mardi*,1849),载《梅尔维尔:〈泰比〉、〈奥穆〉、〈玛迪〉》(*Herman Melville*:"*Typee*," "*Omoo*," and "*Mardi*"),New York,1982,页1183。

② Amasa Delano,《南北半球航海与旅行纪事》(*Narrative of Voyages and Travels in the Northern and Southern Hemispheres*,N. J.,1970),页20。

盖。梅尔维尔对于情节有他自己的看法,这些看法预先就排除了要讲一个有头有尾的连贯故事。

梅尔维尔历来被人认为是一个支持民主制的作家,这有些奇怪,因为除了《切雷诺》之外,他写的海洋小说中都有一个船长的威权声音。但是,在《切雷诺》中,革命带来的只是新的压迫。梅尔维尔颠倒了肤色的等级观念,的确是对种族关系的挑战,但他的阶级意识仍然大致处于萌芽阶段。相对于白人船员和黑人奴隶没有找到共同平台的失败,更令人不安的事实是,无论是在阶级或种族之间或之内,根本就没有这样的平台存在。一个连贯的故事,一个统一的"声音",这难道不是具有独裁性的情节?将所有的角色拧在一起,成为"一个人",这难道不是虚假的英雄?不同的故事难道不是令人沮丧的"杂音"?①《切雷诺》不是梅尔维尔颠覆船长权力的第一个文本。小说中,德拉诺踏上西班牙船只时看到的那一幕,的确是神来之笔,充满反讽,因为人民的声音不是简单地被压制,也不具有潜在的暴政。当人民的声音太分散而不能被表述,当一类人压制了另一类人,当不耐烦的读者期待从小说中得到更权威、更戏剧性的表演,哪怕他们像德拉诺船长一样自诩为"共和派",这时,人民的声音就不存在了。

三

梅尔维尔对像德拉诺和柯蒂斯这类期待连贯统一故事的读者很敏感,但他对大一统叙事还是不感冒。虽然还不至于说,梅

---

① 类似建议重视梅尔维尔的作者观,参 Nina Baym,《梅尔维尔与小说的争执》(*Melville's Quarrel with Fiction*),载《现代语言学会会刊》(*PMLA*),第 94 期,1979 年 10 月号,页 909 – 923。

尔维尔早就料到新批评之后的局面,但可以更加肯定的是,我们应该注意到,到1855年,几乎所有的美国人在描叙政治图景时,都倾向于破碎、堕落和毁灭等日渐时髦的主题。当韦伯斯特和克雷跟随卡尔霍恩进了坟墓,当堪萨斯州的流血冲突逐渐预示人人都期待的战争,当1854年辉格党的崩溃促使美国北方观察家大呼,"我们即将走向政治混乱,'乱上加乱'"①时,悲观的心态相当明显。在群龙无首、暴力不断、四分五裂的混乱之际,《切雷诺》事实上来得恰逢其时。但正如梭罗知道,政局混乱不是太阳底下的新事,梅尔维尔驾驶着"圣多明尼各号"走向了一个哲学意义上更黑暗之旅。

在许多方面,《切雷诺》狡猾地批判了一个依靠多元但经常互相冲突的政治思想立国的国家。思想史家在重建美国的意识形态起源方面已经做出了许多贡献。几十年来,学界讨论的术语往往将古典共和主义的公民美德与同洛克(Locke)相联的自由个人主义对立起来。但是,新近的思想史著作抵制这种二元论。它们主张罗杰斯(Daniel Rogers)所谓的"后结构主义反应",承认"一切混乱、多种可能的言辞和话语"②共同在起作用。因此,早期民族政治思想的情节变得厚重起来,我们不再能够讲述一个连贯统一或结构简单的故事。这种叙事危机在美国内战之前也非常明显。那时,对语言焦虑的讨论成为整个国家政治话语的中心。正如许多难以解释的事情一样,梅尔维尔早就预料到这样的局面。克拉马尼克(Kramnick)指出,"在立国者之间存在多种互相冲突的政

---

① 1854年8月2日,Washington Hunt致Hamilton Fish的信,引自William E. Gienapp,《共和党的起源:1852–1856》(*The Origins of the Republican Party*,1852–1856,New York,1987),页129。

② Daniel T. Rogers,《共和主义的观念历程》(*Republicanism: The Career of a Concept*),载《美国史刊》(*The Journal of American History*),第79期,1992年6月号,页35。

治话语",但是"他们和平共处,处之泰然"。① 不过,梅尔维尔却反其道而行。

贝波与同伙在"圣多明尼各号"上发动革命之后,杀死了奴隶主阿兰达,以"确保获得自由"。接下来,切雷诺起草了一份契约,一方是他作为船长,一方是代表白人的会写字的西班牙船员,一方是代表全体黑人的贝波,三方在契约上签了字,这艘船只的主权就算正式让渡给了黑人。这种虚假的"立宪"显然是在武力胁迫之下签署的,代表性也值得怀疑。但它的确帮助"圣多明尼各号"建立起了美国政府一样的三权分离政体。在诗作《克拉尔》中,梅尔维尔像美国国父之一的麦迪逊(James Madison)一样,将《美国宪法》比喻成"只有用剑才能斩断"的戈尔迪结。②《切雷诺》中"圣多明尼各号"上令人迷惑的政体引出了一大堆的契约纠葛。而这时候,美国北方推动废奴运动的加内森(Garrison)派烧毁了宪法,美国南方支持奴隶制存在的人主张蓄奴州有权脱离联邦,妇女和黑人挑战虚拟代表的合法性。韦伯斯特等联邦主义者将美国宪法放在仅次于圣经的位置,希尔德雷斯(Richard Hildreth)等支持废奴运动的政治思想家则接受了洛克的影响,称奴隶制是"永恒的战争状态","与社会契约之类没有任何相似性"。③ 梅尔维尔没有将奴隶制看成是如此反常的状态,他只是借用了马基雅维里和霍布斯的政治哲学,颠覆了社会契约的权威

---

① Isaac Kramnick,《共和主义与资产阶级激进主义》(*Republicanism and Bourgeois Radicalism*),Ithaca,1990,页 261。

② Herman Melville,《克拉尔》(*Clarel*),Harrison Hayford, Alma A. MacDougall, G. Thomas Tanselle 编,《梅尔维尔作品集》(*The Writings of Herman Melville*),Evanston and Chicago,1991,卷 12,页 402。

③ Richard Hildreth,《独裁主义在美国》(*Despotism in America: An Inquiry into the Nature, Results, and Legal Basis of the Slave-Holding System in the United States*),Boston,1854,页 50、39。

性。正是马基雅维里和霍布斯,为共和主义的话语理论带来了错综复杂的问题。

波科克(J. G. A. Pocock)和科尔曼(Frank Coleman)在重新恢复马基雅维里和霍布斯对美国立国的影响力方面贡献良多。① 但是,在美国内战前,马基雅维里和霍布斯这两个哲人算得上是臭名远扬——马基雅维里是因为宣扬非道德,霍布斯是因为其虔诚值得怀疑,他们都还有反民主的倾向,对人性的看法都很悲观。两个哲人都将生存和自私当成是自然法则的核心,都对通过理性努力维持政治世界秩序表示怀疑。他们的确提出了使得共和主义理论成为可能的公民个人主义,但他们也呼吁要保留一个主权角色,以防止大众的暴政。因此,毫不奇怪,杰斐逊和麦迪逊更喜欢洛克、卢梭和孟德斯鸠等人提出的更加开明宽容的契约理论。洛克等人认识到政治败坏的威胁,但他们希望具有自然美德的精英领袖能够凭借理性抵制权力的诱惑。然而,当这样的领袖阶层在"邦联条例"(Articles of Confederation)之下还没有出现时,美国立国之父们就突然遭遇了波科克所说的"信心危机"②。他们只有把主权托付给"人民",才能稍微缓和一下这个危机。对于内战前的政治思想家而言,这个危机依然是一个严肃的问题。

希尔德雷斯和支持奴隶制度的格雷米科(Frederick Grimke)很大程度上接受了《联邦党人文集》(*Federalist Papers*,1788)的思想,主张启蒙民智,平衡利益。但是,即使是废奴主义者希尔德雷斯也同意"眼光很毒的马基雅维里",在美国,德性往往与权位偏离。与此同时,卡尔霍恩等人也利用马基雅维里尤其是霍布斯来

---

① 参见 J. G. A. Pocock,《马基雅维里的时刻》(*The Machiavellian Moment*,Princeton,1975);Frank M. Coleman,《霍布斯与美国》(*Hobbes and America*,Toronto,1977)。

② Pocock,《马基雅维里的时刻》,页516。

驳斥"人人生而自由平等"这个"危险的伟大谬论。"①因此,即便美国宪法的诞生标志着"古典政治的终结",②即便十九世纪四十年代见证了公民的乐观情绪抵达了顶点,但在美国内战前,马基雅维里和霍布斯的悲观政治思想在美国仍然存在,尤其是当这个国家效仿文艺复兴时期的佛罗伦萨和惨烈内战中的英国采取暴力手段的时候,更是如此。对于像卡尔霍恩这样的南方人来说,他们反对改良主义者改革奴隶制的呼吁,在他们之中,马基雅维里和霍布斯的思想特别受欢迎。在北方的辉格党人的一些小圈子内,也有人见风使舵,开始鼓吹古典哲学,哀叹民主过度。③ 相比之下,梅尔维尔的怀疑最为深刻,没有政客可比,因为《切雷诺》偷偷地求助于马基雅维里和霍布斯,严肃地讨论任何可靠的共和政治的可能性。

1854 年,博恩标准图书馆(Bohn's Standard Library)发行了马基雅维里《佛罗伦萨史》的新版。《君主论》或许也是贝波的行为指南,因为这本书中明确描述了如何利用谋杀、搞恐怖活动和分尸。而且,"圣多明尼各号"船头的"半人马兽"和船尾的"黑色森林兽"让人想起《君主论》中带有寓言性质的怪兽和马基雅维里那句臭名昭著的论调——智者的统治,既要依靠制订的法律,也依靠邪恶动物的狡诈。将其中一个船员描写为半人半马的怪兽,将船员和黑人都描述为动物,梅尔维尔采取了马基雅维里为领袖人物保留的"人与兽的双重形态",将之运用于"圣多明尼各号"上每

---

① Richard Hildreth,《政治理论》(*Theory of Politics*),New York,1969,页 47;John C. Calhoun,《政府论》(*A Disquisition on Government*), C. Gordon Post 编,New York,1953,页 44。

② Gordon S. Wood,《美利坚共和国的建立:1776－1787》(*The Creation of the American Republic,1776－1787*),Chapel Hill,1969,页 606－615。

③ Howe,《美国辉格党人》(*American Whigs*),页 77－79。

一个具有双重性格的人物身上。① 美国共和主义能否存活，要依靠具有德性的人民，因此，当梅尔维尔将"圣多明尼各号"上的动物一样的乌合之众描写成为船上的"共和主义因子"，其反讽非常震撼。

如果仍然有人怀疑《切雷诺》象征的是一个马基雅维里的世界，那么，我们不妨回想一下，在《佛罗伦萨史》中，我们看见过掘墓鞭尸，看见过吃暴君的肉。有一个人杀死君主后，也把他的头挂在广场的竹竿上示众；还有一个与"圣多明尼各号"上叛徒同名的弑君者弗朗西斯科，在被处决之前，无论如何"威逼利诱……就是不说一个字"。② "圣多明尼各号"或许就是佛罗伦萨。在好些意义上，它的确是。称这艘船是一个"意大利宫殿"，将大海比喻成"威尼斯运河"，梅尔维尔既迷惑了德拉诺船长，也欺骗了读者，因为众所周知稳定的威尼斯共和国将被充满暴力的佛罗伦萨共和国取代。威尼斯还是佛罗伦萨？这样的二元性浮现出来。但是，在最后，这些看来截然对立的分野逐渐模糊在一起。"圣多明尼各号"上令人恐惧的平衡政体既像佛罗伦萨共和国，也像威尼斯共和国。切雷诺和贝波签订的契约，是在社会压迫之下形成的启蒙理性的"成果"，充满了缺陷，象征着因奴隶制而打上致命缺陷的《美国宪法》。用这样的方式，《切雷诺》提出了一个可怕的真理：人民都是马基雅维里笔下的君主，全世界都是佛罗伦萨共和国。

参照《利维坦》来读《切雷诺》，将进一步佐证这样的激进观点，因为在"圣多明尼各号"上，"人类状况……就是人与人之间的战争状态"。小说中的锁和钥匙让人想起霍布斯在《利维坦》导论

---

① Niccolo Machiavelli，《佛罗伦萨史》(*The History of Florence*)，London，1854，页459。

② 同上，前揭，页362。

中的忠告,在判断他者"以伪装、欺骗、假造和谬论掩盖的"学说时,我们也应该考虑我们自己的"计谋",以防我们(像利用"计谋"的德拉诺船长一样)"解锁的时候没有钥匙"。① 最具有说服力的是船尾的那幅图画,"戴着面具的黑色森林神,脚踩在一只同样戴着面具的扭曲动物的脖子上"。在一个关于政治权威的关键部分,霍布斯将"人"这个词的词源追溯到"脸面"上,因为"脸面"能够"在舞台上伪装","像戴面具一样隐藏着脸"。以同样的方式,共同体是由"假面人组成",因为"一个人就如一个演员",在此基础上,个体能够"代表他自己,也可以代表他人",不仅仅是作为转喻的人,而且"在许多情形下,代表不同的人"。② 有意思的是,霍布斯利用这个论据奠定了"公约"的权力,因为"演员"——尽管前后不一、矫揉造作,戴着面具——的确是"按照权威的命令行动",依靠一个追求现实秩序而不是根本真理的权威,我们让渡出一部分权利,建构一个不可分割的主权,因为"四分五裂的王国不能立足"。③

但是,梅尔维尔已经下决心要消灭面具。当麦迪逊在还没来得及定义好的"人民"中散布他的主权观念时,他拒绝了马基雅维里、霍布斯和每一个共和主义理论家的观点:相信权力统一是防止分裂的必要防守武器。麦迪逊清醒地意识到,他走了一条新的危险道路。他在《联邦党人文集》中写道,"分裂的种子……埋藏在人性之中",他承认,"受过启蒙的政治家将不会总是在掌舵"。在那样的情形下,国家的安全要依赖平衡各方利益的"话语机制",才能保证任何派系"无法……利用宪法形式来包藏暴力"。麦迪逊所安排的"机制"就是分权,因为政体必须

---

① Thomas Hobbes,《利维坦》(*Leviathan*),Richard Tuck 编,Cambridge,1991,页91、10。
② 同上,前揭,页112。
③ 同上,前揭,页127。

在"少数精英"和"乌合之众"之间航行。但是,在"圣多明尼各号"上,由于没有主权在场掌舵,人民之间没有共享的故事,这次航行不可能胜利抵达终点。

因此,"圣多明尼各号"上最终发生革命,"不是因为管理不善,不是因为局面动荡",而是像"海盗一样""撕下了面具"的非法革命。我们与其说看到的是没有差别的混乱,不如说是不同派系互相冲撞的杂声——这是主权人民缺乏首脑的可预测到的结果。要预防这样的结构,就需要一个首脑,哪怕他是霍布斯所谓的演员、戏剧人物或代理,哪怕他是空头船长切雷诺或真正的奴隶主阿兰达。利马总督法庭忽视了这中间的微妙差异。将贝波斩首——"贝波策划了阴谋,领导了叛乱,不是凭借体力,而是依靠才智"(116),法庭忘记了《利维坦》的开场白和霍布斯并不只是针对君主制而言的观点:国家的首脑是一个政治建构;革命来自下层。因此,斩首不会驱散关于政治动荡的窃窃私语,因为,正如梅尔维尔在《白鲸》的题记中引用霍布斯的话,"共同体或国家……不过是一个人造的人"。

在这层意义上,《切雷诺》遵守了霍布斯的严酷逻辑,尽管梅尔维尔拒绝了霍布斯、卡尔霍恩和格雷米科等人支持奴隶制的观点。像格雷米科一样,韦伯斯特也悲叹派系冲突过度,他在著名的演说《美国宪法与联邦》(1850)中宣称,没有人"在这场战争中掌舵","国家的语言已经严重污染、腐化、堕落"。[1] 在许多方面,梅尔维尔同意这种说法。他进一步暗示,合众国已经病入膏肓,奴隶制可怕的平衡将最终让位于暴力。因此,《切雷诺》是对美国共和主义理论一次有力的攻击。将马基雅维里的半人半马怪兽

---

[1] Daniel Webster,《美国宪法与联邦》(*The Constitution and the Union*,1850),载《韦伯斯特文集》(*The Works of Daniel Webster*),Boston,1890,卷5,页325、358。

与霍布斯穿着披风的演员结合在一起,贝波的"表演"切中了契约公民人文主义的要害。对于梅尔维尔来说,领袖总会掩盖自己的真实意图,政治代表虚假的制度,政治契约天生具有内在的缺陷,抛弃这些共和主义虚构话语,最终将陷于派系纷争。在1799年和1855年,这样的派系之争以种族战争的形式呈现。

所有这一切都对诚实的政治话语构成了严厉的挑战。正如梅尔维尔在1838年写道,"这对一个人来说有什么用,即使他拥有洛克或牛顿等人的全部知识,如果他不知道如何与人沟通"。① 马基雅维里认为,话语本质上是欺骗和操纵影响人的工具。霍布斯也警告,"人类必须对话语保持警惕,除了我们以为的意义之外……也有说话者的意义"。② 许多批评家都已表明,与内战之前饱受误解和假象困扰的美国密切相关的,是居高临下的霸权和四分五裂的杂音。某种程度上说,这构成了《切雷诺》的本土关联性。尽管当切雷诺悲叹他的故事"难以言说"之时,梅尔维尔也在针对人类的普遍境况说话。

我们不能从"战争"状态回到社会形成之前的人类状态。尽管德拉诺在女黑人自然裸露的身体上发现了纯粹的温柔和爱意,但我们后来得知,她们其实是成功的政治演员。霍布斯可能会求助于属于上帝主权范围内的"完美话语"③。梅尔维尔笔下的两位船长死里逃生之后,如果不像马基雅维里那样玩点花样,他们都不能理直气壮地把命运归结为"天意"或"神意"。在《切雷诺》中,我们也不能求助于私人关系。我们也许观察到,喜欢社交的美国船长赢取了沉默内向的西班牙船长的好感。我们也许会讲述这个动人的惊险故事:失去了兄弟的美国船长将感情转移到失

---

① Herman Melville,引自 Sealts,《历史札记》(*Historical Note*),页462。
② Hobbes,《利维坦》(*Leviathan*),页31。
③ Hobbes,《利维坦》,页287。

去朋友的西班牙船长身上。除非梅尔维尔的兄弟冲动十分强烈，政治最终才会占上风。然而，在"同情心"最为高潮的时候，德拉诺触摸到了可怕的真实，切雷诺"绝不透露任何秘密"，贝波说服他"不要再提那么痛苦难言的东西"(61)。事实上，贝波一直在碍手碍脚。在离别时冗长的握手那一幕，两个船长就必须将手"横过这个黑人的身体"。即便到了"快乐的单身汉号"上，这个黑人的身影仍然落在本应该开花结果的兄弟关系上。他们一起逃脱了一场政治陷阱，但是，他们不会谈论更多。

那么，最后剩下的是沉默。贝波的结局也许表明，黑人不能畅所欲言。事实上，梅尔维尔或许同意德兰尼(Martin Delany)的说法，斯托夫人(Harriet Beecher Stowe)"对我们一无所知……任何白人对我们都一无所知"。[1] 但是，与其将贝波那个"充满奥秘的蜂巢"直接理解为非洲人的奇怪头脑，我们更应该注意到，在《切雷诺》中，大家互相不理解。贝波的"蜂巢"最有可能影射曼德维尔(Bernard Mandeville)继承马基雅维里和霍布斯传统而写的政治哲学讽刺作品《蜜蜂的寓言》(*Fable of the Bees*, 1714)。像曼德维尔一样，梅尔维尔暗示，自私处于人类交流的中心位置，即使公开的面具取下，还是发展不出亲密的私人关系，即使在我们不需要拐弯抹角说话之时，语言也会动摇迟疑。在小说的后半部分，梅尔维尔再次诱使我们上当。当切雷诺与德拉诺进行兄弟般"推心置腹"地交谈，似乎与他先前的"沉默寡言"形成特别鲜明的对比，谁料他最后默默地中断谈话，"无意识地缓缓拿起他的披风，盖在身上，就像披上一件灵衣"。黑人和白人，谁不带面具？——即使一个将死的"亲密朋友"也要戴面具。要是来自不同文化的他者是一个唯我论者，局面更会怎

---

[1] Martin Delany 1853 年 3 月 23 日信，载《道格拉斯的生活与作品》(*The Life and Writings of Frederick Douglass*), New York, 1975, 卷 5, 页 274。

样？因此,我们从不同的路径追溯出一个绝望的、具有怀疑精神的梅尔维尔。他相信"真相"在话语之外,无论是因为语言总是被误译,因为"自我"太封闭或太破碎,还是因为"只要有两三个人在一起,就有社会……就有狡诈机制"。① 如果两个人组成的国家都带有全部意味的虚假,那么,政治话语的失败就渗透在一切人类话语之中,无论是内战之前,还是内战之后,无论是在领袖、追随者或朋友之间。这是梅尔维尔对我们想与任何人真正交流能力的刻薄评断。《切雷诺》细致地描写了一套恐怖的政治化话语。它的范围在不断扩大,但它的统摄力在迅速弱化。在"圣多明尼各号"事件之下,它默默地建构出一套政治哲学,暗示美国的政治财产中实质上充斥着谎言。

四

《切雷诺》预见到了解构政治学。但在我看来,借助霍布斯和马基雅维里的有利历史视角,来观察梅尔维尔对于话语的不信任会更加有趣。无论一个人的怀疑精神是老套还是新式,我们都不妨问,他的社会批评是否起到了任何政治作用。桑德奎斯特(Eric Sundquist)认为,贝波斩首之后,革命的威胁仍然存在。许多批评家发现,这个故事由于揭示出我们心中都有一个德拉诺,所以会有助于读者抵制种族主义。② 这些观点多少都依靠读者可能的回应,有非常好的教育意义。要判断一个文本是否在起作用,必然

---

① Thomas Carlyle,《衣裳哲学》(*Sartor Resartus*), Kerry McSweeney & Peter Sabor 编,Oxford,1987,页179。

② 参见 Sundquist,《唤醒民族》(*To Wake the Nations*);Yellin,《黑面具》(*Black Masks*);Horsley-Meacham,《尼罗河上的公牛》(*Bull of the Nill*);Jones,《关于沉默的幽思》(*Dusky Comments*)。

要考虑到它的读者。在捕捉到了梅尔维尔激进的信息之后,我们接下来应该问,他在对谁言说?

我们想知道,在1855年,梅尔维尔怎么可能绕开任何人传递出这不可言说的信息。《泰比》的出版差不多把梅尔维尔打入文学的冷宫,但这本书也标志着他在成为帕克尔(Hershel Parker)所说的"文学性别符号"(literary sex symbol)之时受到的密切关注。① 在内战前,美国人对梅尔维尔这个忧郁的海员并没有看错。因此,梅尔维尔成为一个有趣的悖论:他是一个具有颠覆精神的著名作家,受到虔诚的评论家密切关注。于是,许多人在贝波和切雷诺身上都发现了一个遭受压迫的作家的影子,这个作家似乎注定要被误解,所以主动选择默默无闻。毫不奇怪,梅尔维尔对于《切雷诺》的命运感到绝望,因为他很难在同代人中找到一个既同情他但又不带着敌意的读者,警惕他反共和的怀疑精神。在许多方面,当时《普特南月刊》的读者比现代学人更会解码梅尔维尔小说中的隐喻。对于他们而言,政治话语无所不在,政治话语不是从缩微胶片材料中重新建构出来的东西。而且,《广场故事集》(*The Piazza Tales*,1856)得到的种种评论暗示,梅尔维尔的颠覆思想在发挥"作用"。至少,他成功地逃避了愤怒的读者;至少,他激进的政治学到现在还有生命。换句话说,当迫切的政治问题在哲学层面上纠结的时候,梅尔维尔并没有选择怀疑和沉默。相反,他选择了未来,为未来的读者写作。

在读者反应理论正式提出之前,评论家就已认识到《切雷诺》与读者之间的鲜活关系。这故事预料到了读者的反应。它对读者的心理十分敏感。它采取了预期叙事的形式,具有浓厚的讽刺意味,以不可思议的方式进行自我解构。这让许多读者不高兴,

---

① Hershel Parker,《梅尔维尔传》(*Herman Melville: A Biography*),Baltimore,1996,卷1,页xii。

因为他们觉得上当,被利用,摸不透梅尔维尔真正的意图。尽管小说中散发出浓厚的寂静主义味道,一个奇妙的反讽依然存在:一个被认为遭到疏离的作家,写了一篇关于话语破产的故事,而这故事却引起学生和教师强烈关注;对于学者来说,就像得到天启一样,感觉到了过去、现在和未来融为一体:

> 梅尔维尔对"切雷诺"事件的兴趣,就是对现代世界许多落后民族的兴趣,今日,来自亚洲和非洲的落后民族故事充斥了我们报章的头版。——詹姆斯(C. L. R. James),1953
>
> 《切雷诺》所描述的时代已经来临,并且不会很快过去,必须鼓励当今的读者运用他们自己的知识和经验,解开梅尔维尔同代人没有能力解开的结。——菲舍尔(Marvin Fisher),1977
>
> 经历了1964至1968年的都市动乱,经历了越战,经历了看似取得全球胜利之后经济和道德的衰败,美国付出了这么多代价,才创造出一群读者,能够理解《切雷诺》中致命的信息。——富兰克林(H. Bruce Franklin),1977①

具有颠覆性的政治哲学既包容读者,又排斥读者。梅尔维尔似乎以牺牲先前的他们为代价,在对我们说话。从一个优越性的"现在"视角,我们望见到——几乎是轻声说出它的——"意义"。

或许,经过跳跃性阐释之后,现在到了恍然大悟的时刻,但

---

① C. L. R. James,《海员、叛徒及被遗弃的人》(*Mariners, Renegades and Castaways*),New York,1953,页119;Fisher,《下行之路》(*Going Under*),页117;H. Bruce Franklin,《奴隶制与帝国》(*Slavery and Empire*),载《梅尔维尔逝世百年纪念文集》(*Melville's Ever-moving Dawn: Centennial Essays*),John Bryant & Robert 编 Milder,Kent,1997,页158。

是，对于许多小说的读者来说，现在的感觉还是神秘。《切雷诺》自诩的"奇怪历史"邀请我们进行历时性思考，因为故事与同名主人公都要求悲剧性记忆在场。像《草叶集》(*Leaves of Grass*, 1855)中喜欢梦想的惠特曼一样，梅尔维尔努力"想想时间……借助反思，想想今天"，这样做，是为了想想"过去和未来"。① 但是，与许多政客不同，梅尔维尔没有从未来中找到现在的信心。事实上，德拉诺暴露了民主的缺点，正如1833年亚当斯(John Quincy Adams)引用过的一句话所说："民主……现在被吞噬；它只想着自身。"②因为与现实没有直接的关联，《切雷诺》不必戴上自私自利的民主面具。尽管(或更准确地说是因为)梅尔维尔不相信政治话语，但《切雷诺》还是有助于我们谈论我们应该如何谈论政治。

因此，这个故事并没在沉默中结束。梅尔维尔对政治现实的不信任，他永恒不变的怀疑主义，促使他建构一套未来话语。他希望，在这套话语中，人们从对话中能够更加得益，某些真理并不必然处在语言之外。我们也许对梅尔维尔的政治哲学感到奇怪，但这已经不单是我们的事情。过去、现在和未来持续有力地交织在一起。在这种意义上，梅尔维尔的阐释学倾向于创新而不是保守，倾向于差异性地阐释过去而不是寻找可以恢复的历史。这样的阐释学对话语的前景产生了一定的破坏，但梅尔维尔(几乎只有他)还是挺身而出对话语进行挑战。虽然他故意悬搁他的怀疑，但他的"答案"充满乐观。尽管他在内战之前的政治冲突中没有表明党派立场，但在不诉诸于剑就无人能解开奴隶制之结的时代，身为作家，梅尔维尔想象出了一个未来的共同体，哪怕他没有

---

① Walt Whitman,《想想时间》(*To Think of Time*, 1855)，载《惠特曼》(*Portable Walt Whitman*), Mark Van Doren 编, New York, 1945, 页108。

② John Quincy Adams, 引自 Jack N. Rakove,《原初之意》(*Original Meanings*), New York, 1996, 页366。

为1855年找到一个连贯的故事。柯蒂斯非常喜欢《切雷诺》这个故事,所以建议《普特南月刊》发表。但他最后还是忍不住抱怨,曾经写出伟大作品的梅尔维尔"现在做什么都太心急"。① 也许,正是柯蒂斯本人太心急。

---

① 1855年4月20日 G. W. Curtis 致 J. H. Dix 信,载 Leyda,《梅尔维尔日志》(*Melville Log*),卷2,页501。

图书在版编目（CIP）数据

梅尔维尔的政治哲学：《切雷诺》及其解读/李小均编译. -北京：华夏出版社，2011.6
（西方传统：经典与解释）
ISBN 978-7-5080-6516-8

Ⅰ.①梅… Ⅱ.①李… Ⅲ.①梅尔维尔，H.（1819～1891）—小说研究
Ⅳ.①I712.074

中国版本图书馆 CIP 数据核字（2011）第 102170 号

梅尔维尔的政治哲学
李小均　编译

出版发行：	华夏出版社
	（北京市东直门外香河园北里4号　邮编：100028）
经　销：	新华书店
印　刷：	北京市人民文学印刷厂
装　订：	三河市李旗庄少明装订厂
版　次：	2011年6月北京第1版
	2011年7月北京第1次印刷
开　本：	880×1230　1/32 开
字　数：	129 千字
印　张：	5.125
定　价：	19.00 元

本版图书凡印刷、装订错误，可及时向我社发行部调换

西方传统：经典与解释

希罗多德的王霸之辩
吴小锋 编/译

梅尔维尔的政治哲学——《切雷诺》及其解读
李小均 编/译

第二代智术师——罗马帝国早期的文化现象
安德森 著

英雄诗系笺释
[古希腊]荷马 著

统治的热望
——修昔底德笔下的阿尔喀比亚德和帝国政治
[美]福特 著

席勒美学的哲学背景
[美]维塞尔 著

雅典谐剧与逻各斯
——《云》中的修辞、谐剧性及语言暴力
[美]奥里根 著

莱园哲人伊壁鸠鲁
罗晓颖 选编

托尔斯泰与陀思妥耶夫斯基（第一卷·生平与创作）
[俄]梅列日科夫斯基 著

托尔斯泰与陀思妥耶夫斯基（第二卷·宗教思想）
[俄]梅列日科夫斯基 著

自传性反思
[德]沃格林 著

黑格尔与普世秩序
[美]希克斯 等著

新的方式与制度——马基雅维利的《论李维》研究
[美]曼斯菲尔德 著

论埃及神学与哲学——伊西斯与俄赛里斯
[古希腊]普鲁塔克 著

凯撒的剑与笔
李世祥 编/译

纪念苏格拉底——哈曼文选
刘新利 选编

科耶夫的新拉丁帝国
[法]科耶夫 等著

夜颂中的革命和宗教——诺瓦利斯选集卷一
[德]诺瓦利斯 著

西方传统：经典与解释
Classici et Commentarii
HERMES
刘小枫◎主编

大革命与诗话小说——诺瓦利斯选集卷二
[德]诺瓦利斯 著

《利维坦》附录
[英]霍布斯 著

巨人与侏儒
[美]布鲁姆 著

或此或彼（上、下）
[丹麦]基尔克果 著

海德格尔与有限性思想（重订版）
刘小枫 选编

海德格尔式的现代神学
刘小枫 选编

走向古典诗学之路
——相遇与反思：与伯纳德特聚谈
[美]伯格 编

论宗教大法官的传说
[俄]罗赞诺夫 著

上帝国的信息
[德]拉加茨 著

双重束缚
[美]基拉尔 著

俄耳甫斯教祷歌
吴雅凌 编译

俄耳甫斯教辑语
吴雅凌 编译

黑格尔的观念论
[美]皮平 著

古今之争中的核心问题
[德]迈尔 著

浪漫派风格——施莱格尔批评文集
[德]施莱格尔 著

神圣的罪业
[美]伯纳德特 著

论永恒的智慧
[德]苏索 著

宗教经验种种
[美]詹姆斯 著

尼采反卢梭
[美]凯斯·安塞尔-皮尔逊 著

施米特对自由主义的批判
[美]约翰·麦考米克 著

舍勒思想评述
[美]弗林斯 著

诗与哲学之争
[美]罗森 著

基督教理论与现代
[德]特洛尔奇 著

亚历山大的克雷蒙
[意]塞尔瓦托·利拉 著

伊壁鸠鲁主义的政治哲学
[意]詹姆斯·尼古拉斯 著

神圣与世俗
[罗]伊利亚德 著

中世纪的心灵之旅——波纳文图拉神学著作选
[意]圣·波纳文图拉 著

弓弦与竖琴——从柏拉图解读《奥德赛》
[美]伯纳德特 著

墙上的书写——尼采与基督教
[德]洛维特／沃格林 等著

论古人的智慧
[英]培根 著

希伯莱圣经历代注疏

希腊化世界中的犹太人
[英]威尔逊 著

第一亚当和第二亚当
[德]朋霍费尔 著

卢梭注疏集

哲学的自传——卢梭的《孤独漫步者的遐思》
[法]卢梭 著

文学与道德杂篇
[法]卢梭 著

设计论证——卢梭的《社会契约论》
[美]吉尔丁 著

卢梭的自然状态
[美]普拉特纳 等著

卢梭的榜样人生——作为政治哲学的《忏悔录》
[美]凯利 著

柏拉图注疏集

论柏拉图对话
[德]施莱尔马赫 著

神话诗人柏拉图
张文涛 选编

人应该如何生活
[美]布鲁姆 著

阿尔喀比亚德
[古希腊]柏拉图 著

叙拉古的雅典异乡人——柏拉图《书简七》探幽
彭磊 选编

阿威罗伊论《王制》
[阿拉伯]阿威罗伊 著

《王制》要义
刘小枫 选编

柏拉图的《会饮》
[古希腊]柏拉图 等著

苏格拉底的申辩
[古希腊]柏拉图 著

苏格拉底与政治共同体
[美]尼科尔斯 著

《法义》导读
[法]卡斯代尔·布舒奇 著

论真理的本质
[德]海德格尔 著

哲人的无知
[德]费勃 著

米诺斯
[古希腊]柏拉图 著

亚里士多德注疏集

城邦与自然——亚里士多德与现代性
刘小枫 编

论诗术中篇义疏
[阿拉伯]阿威罗伊 著

哲学的政治——亚里士多德《政治学》义疏
[美]戴维斯 著

莱辛注疏集

汉堡剧评
[德]莱辛 著

关于悲剧的通信
[德]莱辛 著

《智者纳旦》研究版
[德]莱辛 等著

启蒙运动的内在问题——莱辛思想再释
[美]维塞尔 著

莱辛剧作七种
[德]莱辛 著

历史与启示——莱辛神学文选
[德]莱辛 著

论人类的教育——莱辛政治哲学文选
[德]莱辛 著

色诺芬注疏集

居鲁士的教育
[古希腊]色诺芬 著

驯服欲望——施特劳斯笔下的色诺芬撰述
[法]科耶夫 等著

论僭政——色诺芬《希耶罗》义疏
[美]施特劳斯 著

色诺芬的《会饮》
[古希腊]色诺芬 著

施特劳斯集

柏拉图《法义》的论辩与情节
[美]列奥·施特劳斯 著

什么是政治哲学
[美]列奥·施特劳斯 著

古典政治理性主义的重生
[美]列奥·施特劳斯 著

犹太哲人与启蒙——施特劳斯演讲与论文集:卷一
[美]列奥·施特劳斯 著

苏格拉底问题与现代性
—— 施特劳斯演讲与论文集:卷二
[美]列奥·施特劳斯 著

回归古典政治哲学——施特劳斯通信集
[美]列奥·施特劳斯 著

隐匿的对话——施米特与施特劳斯
[德]迈尔 著

苏格拉底与阿里斯托芬
[美]列奥·施特劳斯 著

尼采注疏集

尼采的使命——《善恶的彼岸》绎读
[美]朗佩特 著

尼采与现时代——解读培根、笛卡尔与尼采
[美]朗佩特 著

动物与超人之间的绳索
[德]A.彼珀 著

维吉尔注疏集

《埃涅阿斯纪》章义
王承教 选编

品达注疏集

幽暗的诱惑——品达、晦涩与古典传统
[美]汉密尔顿 著

新约历代经解

属灵的寓意
[古罗马]俄里根 著

赫西俄德集

神谱笺释
吴雅凌 撰

赫西俄德:神话之艺
[法]居代·德·拉孔波 等著

赫拉克勒斯之盾笺释
罗逍然 译笺

莎士比亚绎读

莎士比亚戏剧与政治哲学
彭磊 选编

莎士比亚的政治盛典
[美]阿鲁里斯/苏利文 编

丹麦王子与马基雅维利
罗峰 选编

古希腊诗歌丛编

阿尔戈英雄纪
[古希腊]阿波罗尼俄斯 著

但丁集

但丁的圣约书
[美]霍金斯 著

美国宪政与古典传统

美国1787年宪法讲疏
[美]阿纳斯塔普罗 著

中国传统：经典与解释
Classici et Commentarii
刘小枫　陈少明 ◎ 主编

中国传统：经典与解释

药地炮庄
[明]方以智 著

周礼疑义辨证
陈衍 撰

经学通论
[清]皮锡瑞 著

韩愈志
钱基博 著

论语辑释
陈大齐 著

《庄子·天下篇》注疏四种
张丰乾 编

荀子的辩说
陈文洁 著

古学经子——十一朝学术史述林
王锦民 著

经学以自治——王闿运春秋学思想研究
刘少虎 著

《铎书》校注
孙尚扬　肖清和 等校注

大学素质教育读本

古典诗文绎读　西学卷·古代编（上、下）
古典诗文绎读　西学卷·现代编（上、下）

经典与解释辑刊 （刘小枫　陈少明 主编）

1 柏拉图的哲学戏剧
2 经典与解释的张力
3 康德与启蒙
4 荷尔德林的新神话
5 古典传统与自由教育
6 卢梭的苏格拉底主义
7 赫尔墨斯的计谋
8 苏格拉底问题
9 美德可教吗
10 马基雅维利的喜剧
11 回想托克维尔
12 阅读的德性
13 色诺芬的品味
14 政治哲学中的摩西
15 诗学解诂
16 柏拉图的真伪
17 修昔底德的春秋笔法
18 血气与政治
19 索福克勒斯与雅典启蒙
20 犹太教中的柏拉图门徒
21 莎士比亚笔下的王者
22 政治哲学中的莎士比亚
23 政治生活的限度与满足
24 雅典民主的谐剧
25 维柯与古今之争
26 霍布斯的修辞
27 埃斯库罗斯的神义论
28 施莱尔马赫的柏拉图
29 奥林匹亚的荣耀
30 笛卡尔的精灵
31 柏拉图与天人政治
32 海德格尔的政治时刻
33 荷马笔下的伦理
34 格劳秀斯与国际正义
35 西塞罗的苏格拉底